我的東引 你的小島

陳翠玲 著

曖曖含光的粒子

劉宏文

翠玲老師的散文集《我的東引 你的小島》，是她繼《守燈塔的家族·東湧燈塔的故事》繪本之後的新著。全書主要由三類分成七輯，第一類收錄近年來發表在以生態、文學、藝術報導馳名的《上下游副刊》的作品；第二類寫故鄉人物；第三類則是教學生涯的思考，包括當代知名人物的訪問與演講。三類關注的主題雖然互異，其實血脈相通，寫的都是對家鄉的愛與關懷。

關於東引的書寫，最常被提及的大概就是名作家何致和的《外島書》，寫他在東引當兵的所見所思，特別是與臺灣本島時空距離下的孤絕，有關愛情、思念、背棄等，現實與想像的故事。其中一篇〈船上的夢〉寫初搭AP艦凌晨抵達東引，有這樣的描述：

「出來到甲板上才發現，外頭的天色竟比艙裡還黑。天空剛有些許亮光，被毛玻璃似的雲層包著，透出的光線還照不亮海面……。清晨五點的海上，很像夢裡的景象。要不是甲板上已有許多人，我還眞以爲自己仍在夢。」

何致和「夢裡的景象」，以及他在另文中提及的「這兩個小島黯黯黲黲像海中莫名生出的兩塊肉瘤」，對翠玲老師而言，卻是她的日常，是她日以繼夜生活其中的現實。因此，翠玲老師的書寫，不論飲食、植栽或人物，字裡行間，總是牽連家鄉，流淌島嶼的氣味，是吹過她童年石屋的海風。

翠玲老師的文字樸實無華，娓娓道來，就像夏日傍晚，端個矮凳坐在門兜（門口），一邊乘涼一邊攀講（聊天）的鄰家女孩。她是園藝本科畢業，擔任教師之前，曾在東引農業試驗所工作。在她筆下，紅花石蒜、小黃油菊、羊帶來、小蒼蘭、金銀花，這些東引原生或移居的植物，都因她的專業、細心與溫暖，而有了迥異的生命。譬如她寫〈羊帶來〉，母親因她自幼皮膚搔癢潰爛而憂心不已，嘗試喝香灰水、呑蛇湯等民俗療法。有一次，母親在屋旁拔幾株半人高的羊帶來，洗淨後置入大鼎熬煮：

「當湯變成黃褐色時，倒入大盆中，叫我整個人泡進湯裡，泡澡搓洗後，依媽再端著我泡過的羊帶來水，從踏出家門後，跨走七大步，將水往前潑灑，再返身走回家裡，這期間不能回頭跟說話。」

這段看似平鋪直敘，卻意味深長的描述，我讀了非常感動。昔日小島醫藥匱乏、交通阻隔，我彷彿看見一位無助的母親，在命運大神面前，那麼虔敬貞誠，深怕有所錯失而違犯冥冥中的戒律。翠玲老師繼續寫道：

「曾經，小島上滿山遍野的羊帶來，如今遍尋不著它的蹤跡，一個物種消失得如此徹底，想問怎麼了？現在小島上的野生植物除了五節芒，就是大花咸豐草最是蓬勃，生物多樣性的時代似乎越走越遠了！」

翠玲老師並不止於物種消失的感傷喟嘆，而是懷抱希望的身體力行。她說：

「去年收到一包羊帶來的種子，褐色的模樣很是可愛。我問朋友如何播種？她說：『隨便丟啊！它是野草。』我仍不敢大意，準備了育苗盆，依據播種原則，播下希望的種子，願春暖花開時，院子裡會有它的身影，我正期待著……。」

我想，翠玲老師播下的不僅只是羊帶來種子，而是她對家鄉生態復育的期待，以及逝去時光的無限懷念。

這些揉合知識與感情的書寫，有如曖曖含光的粒子，在章節之中此起彼落的閃爍。她寫的〈在有海景的廚房裡包「甘貓」〉實際是一種番薯粉為原料的傳統點心。冬日午後，表姐妹倆在一處海景房間，一起擀皮包餡做「甘貓（即葛粉包）」，窗外海風呼嘯，室內爐火正旺，可以感受到溫暖的火光在兩人的臉上輪流跳躍。豬油香氣混和蔥葉的辛味瀰漫，是一代人共同的滋味，時而爆出得輕鬆笑語，更是往昔島上婦女最為快樂的時光。

然而歡樂的時光總是短暫，如同翠玲老師在〈麥蔥〉一文提出的疑問，「幸福的日子要多長才夠？」她寫島上摘麥蔥的季節，春霧瀰漫，一位多年前嫁到臺灣的小學同學阿珠，回到島上，特地到學校看她。阿珠拿著一把新摘的麥蔥，坐在石階一邊等她，一邊細心梳整。她看見阿珠，聞到麥蔥濃郁的香氣，「就像我們之間的情誼！」三年之後，也是麥蔥季節，翠玲老師接到阿珠生病住院的消息，她與幾個同學趕到臺灣：

「阿珠因治療剃光了頭髮，在病床上翻來覆去，睡不安穩。她夫婿叫醒阿珠：『同學們來看你了！』阿珠看著我們，念著我們的名字，然後眉頭深鎖闔上眼睛，這是我們最後一次見到阿珠了！」

這些聚散悲歡，與生命中許多無言以對的時刻，固是世間共相，在翠玲老師的書寫中，卻有著小島宿命的無奈。〈討大海用性命去搏〉是家族故事，對漁家生活有深刻的描述。文中提到母親的唯一弟弟依俊舅舅，原是漁民，因爲嚮往更好的生活，轉往漁船改裝的商輪「東興八號」當船員。某年擺暝前夕，「東興八號」運載大量年貨與祭典用品，從基隆駛向東引，卻在滔天大浪中沉沒，依俊舅舅與鄰居依大叔叔，還有另外五名船員不幸罹難。悲傷的事件總是接續不斷，婆婆責怪媳婦，如此天候，怎讓丈夫出海？媳婦無奈，大聲回罵，整日哭泣喧嚷：

「從此婆婆與媳婦決裂，彼此怨恨，各自悲傷。一個失去丈夫，一個失去兒子，這傷痛熟輕熟重？冬夜裡，她們的啜泣聲與思念，隨著北風吹過小島的鑼鈸角，再吹向海裡！」

不論是少年離家，罹病後返回小島探親訪友，有如人世最後巡禮的阿珠；還是與巨浪拚搏，最後同爲波臣的依俊舅舅與依大叔叔。他們的命運與小島唇齒互依，都已是島嶼的歷史過往。然而，翠玲老師並未讓本書主調沉浸在懷舊的感傷之中。她引介多位當代名人到島上演講，以自身的眞實經驗，爲島上少年開啓通向廣大世界的窗口。

在「我教我思」的系列文章中，一篇書寫精神障礙者〈麗莎婆婆〉在校園遊蕩的故事，尤其令我感動。有一回，麗莎婆婆在校園情緒激動，狀若罵人，一位善解人意的低年級小女生，親切的問：「婆婆，您怎麼了？」童稚的純眞立刻化爲溫暖天使，飛向麗莎婆婆，婆婆頓時變得和顏悅色，非常難得的輕聲回答：「沒有啊！」隨即拄著雨傘緩緩離去。

翠玲老師寫道：

「每個人都要被尊重，精神障礙者她們更需要的，校園是廣大社會的縮影，校園師生對精障者的友善是良善的表現。至於麗莎婆婆，她可是比每一個人都早來到這裡，其實我們不需要做什麼，只要揚起嘴角，問一聲：『婆婆好！』這樣就夠了！」

這些警語，提醒我們如何看待精神障礙者乃至於社會邊緣人的處境；如何尊重與接納多元文化背景與性別取向不同的學生。因爲翠玲老師的思考與行動，我深爲東引國中小的學生感到慶幸。

《我的東引　你的小島》全書六十餘篇文章，翠玲老師敏銳而又專注地的書寫，既爲我們展現小島多樣的外貌，也爲我們解析島嶼深層的肌理。本書可以看做一部文學性的《東引鄉土誌》，更可以做爲東引深度旅遊的進階讀物。難能可貴的是，全書所有插圖，皆爲翠玲老師手繪，其中不乏得獎作品，留待讀者細細體會；而精選的攝影作品，皆出自翠玲老師夫婿陳其敏先生的作品。文字搭配圖片，不但賞心悅目，更讓閱讀的想像，在「我的東引與你的小島」的上空遨遊飛翔。

希望翠玲老師繼續寫下更多作品，手繪更多美圖，分享島嶼已知與未知的一切。

（馬祖南竿珠螺人，散文家、教師）

推薦序》

讓人有了更多的敬意與疼惜

傅月庵

樂華村涵蓋整個南澳。南澳是最熱鬧的，就在據點腳下。

彼時，連部嚴禁平日下南澳，我們經常得繞越樂華村：鐵騎堡出來，走「三棟」小路過東引國中小校門，轉三義村，出樓梯往前，左拐到龍盤據點。早出晚歸，每天至少兩次。

那是整整四十年前的東引，一個無論你怎樣走，總會看到海的小島。當兵的緣分，二十啷噹初離家便是天涯海角，中華民國最北端的領土。冷，冷得要死；熱，熱得要命。

很難忘懷的一段時光，但其實對這座島一點不熟，除了我營所屬一小塊守備區。島上處處不得擅入，樣樣管制，甚至包括夜間燈光都不得外洩。當然，跟居民的接觸也是儘量減少，雖然「軍愛民民敬軍」這句話隨時掛在口頭，骨子裡卻多半有種過客的冷漠，彼此行禮如儀足夠矣。

眞正連結的或僅有「吃」這件事。

出操兼構工，任務非達成不可，勞動量大到不可思議，老覺得「餓」，平時部隊管吃喝，一放假，多半樂趣便是下南澳好好打牙祭。據點崗哨衛兵日常警戒海面總不忘確認「菜船東興號回來了沒？」回來了有錢便吃得到臺灣味，沒回來就只能本地料理果腹：紅糟肉、黃魚、鮸魚、淡菜（海叉叉）、海鋼盔……當時只道是尋常，不值一顆臺灣檳榔！

說也奇怪，天天想逃離的卻最難忘。三十多年魂縈夢牽，老想起那小島，也曾重返東引，老兵踏尋舊日，指點坍封廢墟，數說當年種種，卻還是有「隔」，總覺得一切不踏實，如夢，想了解更多一些！

直到讀了《我的東引 你的小島》，虛與實，過去與今日方才銜接了起來。

陳翠玲筆好，好在夠深，她把昔時東引人家的日常悲歡甘苦：討海人如何依海維生，向大海討生活，四季漁獲如何收拾料理，歲時酬酢怎樣應對攤派，無不娓娓說齊。這些「老派」，得讓所有曾落腳此島如我輩得穿越時光，如實回到舊日氛圍，彷彿又嘗到那一滴魚露幾點米醋、浸泡一缸「東湧浴室」的氤氳熱水。

但不僅止於此，此書還花費許多篇幅描繪小島自然生態：氣候變化、候鳥來去、植物榮枯，乃至一廟一畫，一人一事，土地的情感與人情的純美，尤其不時穿插其中的東引特有的閩東方言，更讓昔日未窺全貌，說起來就心酸的小島，慢慢滲透出一種溫情，讓人有了更多的敬意與疼惜。

臺灣是個小島，小島之外還有更小的，再小也是一種風土，自有其美。匯聚這些風土與美，成就多元與豐饒，臺灣於是更大了。

（作家、資深編輯人）

多了那一絲絲溫柔的邀請

常以爲小島是浪漫神秘的。直到遇到嫁到馬祖的藝術家，說連想逃離馬祖都不知道機場在哪裡，只能望著藍眼淚啜泣。什麼樣的人適合生活在島外之島，像東引這樣一座馬祖之外的戰地小島，沒有堅忍淡定看周遭的篤然，終究會撤守的，能守住這座小島的絕非任性都市人如我輩。

初讀陳翠玲文辭，覺得如此淡然素樸不見贅飾，讀著讀著，終於理解這是一種很特別的性格——接納這座她所誕生的島，繼而以溫柔的雙眼環視這座小島，於是，她寫下四季迎鹹風運行的大樹繁花小草與物產，與大海拚搏以及在特殊地理與歷史地位交錯下生活的人們，甚至她看外來的人們都是如此肯定與讚賞。

而翠玲的文字於素樸之外，多了那一絲絲溫柔的邀請。是呀，唯有溫柔，才能體會出這座小島的風情無邊。

古碧玲（字耕農、《上下游副刊》總編輯）

被更黑的魚與更多面海的凝視所造就

海要多近，才能意識到自己是個海之島民。翠玲的東引，翠玲的小島，文字間散發出不像是觀光景點的沙灘、衝浪、陽光的氣息，是日常生活、飲食，掉入她馬祖文字，像是在場觀看。我能聞到日曬的淡菜干，也能聞到類似酒味的紅槽。我是一名無海之鄉的魚販，與東引淵源不深，卻寫過一篇東引的小說，看著翠玲的東引，嚴寒酷暑濃霧南風，想起某年冬至過後，本島烏魚已經洄游不再，從東引來了一批烏魚，肥美油脂豐富，魚體深色了些。問東引魚販，他說馬祖的水比較鹹。野生的鱸魚、黃雞都比本島、澎湖更黑了些，東引國之北疆，更黑的魚與更多面海的凝視（不得不？）造就了翠玲的寫作。

這島是海，翠玲的日夜所見，不是城市，而是島之視野，海的目光。

林楷倫（魚販暨小說與散文作家、《偽魚販指南》作者）

有蟹青似的鮮甜海味，也飄散著糟魚般的記憶鹹香

馬祖的地質景觀和傳統聚落自帶魅力，許多初次接觸的遊客，往往會脫口說出「眞希望搬來這裡住！」「好羨慕住在這裡的人，每天都有美景可看！」然則離島生活眞正的樂與苦、美麗與哀愁，卻是這些第一印象遠遠不能道盡者。若是無緣長居，又想一窺堂奧，不妨翻開此書，走進成長於斯、生活於斯的島民生活中，嗅聞小島的眞實況味，字裡行間有蟹青似的鮮甜海味，也飄散著糟魚般的記憶鹹香。

陳泳翰（馬祖社造及文字工作者）

讓我產生「宅在一座島」的嚮往

馬祖列島中，東引偏處東北端，雖然離政經中心南竿最遠，卻離臺灣最近，位在國之北疆。從基隆港搭乘臺馬輪／臺馬之星前往馬祖，可以選擇先到東引的班次。我身爲基隆年輕耆老，這是我對東引地理位置最粗淺的認識，可惜我還沒機緣踏上這座海洋生態資源豐饒的離島。

但我從陳翠玲寫的《我的東引 你的小島》，親近了這座小島，她以文筆、繪畫和她先生的攝影，引領我彷彿親臨東引的風土人情，看見黑尾鷗、殼菜（淡菜）、麥蔥（薤白）、綬草等動植物，品嘗糟魚、紅糟雞、鮸魚丸、甘貓（地瓜餃）等日常美食，讓我產生「宅在一座島」的嚮往。

曹銘宗（臺灣文史作家）

孤挺島上的泥土芳香　以文字釀出東引的好酒

在一場文學聚會中一位前輩問大家：臺灣哪兒的女人最美、酒量最好？我馬上脫口回答：「東引！」許多文友並沒去過東引，甚至未聽聞這個地方，紛紛引起好奇，在那霎那間我想起了陳翠玲。許久以前我第一次踏上東引這島，就是翠玲引領我一步一步去找紅花石蒜、看奇岩怪石，聽她講述家族守燈塔的故事。東引女人的美，在有稜有角的深邃五官下，那股桀驁剛烈，也是其他地方少見的，就像東引的高粱和老酒令人難以忘懷。

翠玲的文像大海的浪，遇上了島上的礁石，就碰撞出了靈感，她是活生生宅在東引的大海之女，東引的土孕育了她內心的觸動，想創作的心，堅毅的耕耘。

如今她將出書，以文字揭開東引的薄紗，那些蘊含土地芬芳的故事，天涯海角中那座美得不得了的島得以被細細閱讀，隨她的文字散步其中。

黃惠鈴（退役老編、創作者）

島民的共感

東引——離島的離島，無論從南竿出發或是基隆前往，搭船是經常性的工具，時間都要好幾個小時。那座看似孤立、天高海闊的島，卻也因島嶼的人情與風土，讓人際間、天人之間乃至於人跟大自然的距離，格外緊密。翠玲老師的《我的東引 你的小島》，寫出了海島風土與特定歷史，如何形塑生活、安排人際，乃至催生濃烈而飽滿的情感，但也在無常與日常之間，學會尋求一方安頓身心所在的能力。這本書不僅書寫了東引人的生活誌、故鄉事，對於身居臺灣的我們，更有著一種身為島民的共感。

謝仕淵（國立成功大學歷史學系副教授）

推薦者以姓氏筆畫排列

目錄

在直升機上

旅人 歸人 全擠在機艙裡
保持禮貌 於是看海
妳說
這有十級浪吧
我說
因為船停航了
直升機來了

噪音 讓聽力失能
唯有視力敏銳
這羅列的小島是
閩江口一串珍珠裡的二三

珍珠曖曖內含光
珍珠下 海水暗黑
無聲地激起白花
珍珠上 愁雲滿天
就要哭出來了
也無聲

降落歸人的島
旅人繼續旅途
等下次 成為歸人

陳翠玲手繪在直升機上

輯1 ≫

與島對話

小島，船來了，有人上船，有人下船；說再見，有人再見，有人不見。

而我，仍是「上床睡覺，搭船回家」的人。

1

哪有飛機等人的？

在小島上住久了，你總會有機會搭直升機，在這個季節裡，北風總是呼呼的吹，東湧島附近總有湧浪一波波，這船停航的日子，也是直升機飛來的時候，今晨又是一個北風狂亂的日子，等一下直升機就要飛來了！我依媽每次看到直升機總會說，「風野透！這飛機ㄅㄧˇㄅㄝ ㄅㄝ（搖搖擺擺）」。每一次直升機總是在ㄅㄧˇㄅㄝ ㄅㄝ中降落。

我曾經有幾次搭直升機從小島直飛臺灣，印象那都是人生中的大事，一次，是元宵節過後吧，接到南部姐姐電話說，住在嘉義竹崎榮民醫院的舅舅自殺過世了，我心急又心疼就搭乘直升機直飛臺灣送他最後一程，從專科畢業回到小島工作後，有幾年的時間總是在過年後去嘉義找他，就是那一年不知為何沒到嘉義探望。在嘉義念書那些年，我的假日活動中，有一項就是去醫院看他，每次去探望舅總會帶回特別大的高級水梨及克寧奶粉，我不知道這些食物是特別準備的還是醫院配給的，他也總是含糊帶過，每一次到了醫院門口，他都跟一群老人坐在門口，我也不知道他是不是在等我，見到我來便起身往寢室走去，拿出準備好的水果、奶粉給我。在醫院通鋪寢室裡，舅舅的鋪位是最乾淨整潔的，即使他換了寢室我也能一眼就能認出他的鋪位。那次我坐在直飛臺灣的直升機上，無限的惆悵心疼，心疼著久病厭世的舅舅，惆悵著舅舅一離開這世界，切斷了我在嘉義的青春歲月的記憶，那些往事過去就過去了！

又一次，直飛是因爲依爸生急病，那是夜晚後送的直升機，我跟依媽陪著依爸，我們擠在直升機小小空間裡，直升機裡外都一片黑暗，風呼嘯的吹，機艙門發出喀喀聲響，一種黑暗不明氣氛圍繞著我們，我一邊擔心依爸的病情，一邊忍受著不舒服的航程，並明顯感覺自己嘴唇及四肢開始發麻，胃裡也一陣一陣的翻攪，當直升機降落在停機坪時，我跟依媽跳下機立刻就地蹲下嘔吐，吐過一陣身體不適的感覺才稍稍紓緩。

直升機是小島的交通工具，一定有很多人不能想像，但這是我眞實的生活。

有更多次，帶著學生出門，也是搭直升機，印象深刻的是幾年前的縣運，我們所有的選手和帶隊教師，都搭乘直升機去參加比賽，數了一下人數總共要飛五班直升機，我坐在辦公室裡，分配著哪些人搭第幾班班機，每一班也總有一、兩位帶隊老師，大家都在學校裡依著時間搭車到直升機場搭機，而我跟幾個學生搭最後一班直升機，不知爲何沒有掌握最後一班班機時間，直到機場打電話來催，我和幾個學生從一下車，便看到停機坪上的直升機螺槳快速轉動著彷彿說著：「那有飛機等人的？」穿過候機室，我們用短跑衝刺的速度衝向直升機，這是一個難得經驗，一向都是人在等飛機，而那次是直升機在等人。

爲什麼每次搭直升機，總是沒法子那麼從容？住在小島如果可以搭船外出，表示風平浪靜、也不趕時間，自然從容多了。一次與妹散步到港邊，妹指著停靠岸邊的臺馬輪說，有船停泊的夜晚覺得美，問我爲什麼她會覺得美好？記得我說了一堆美好的理由，但我心裡只是想：「因爲船靠岸了，所以美！」作家楊絳說，「人生最美的風景，是內心的淡定及從容。」嚮往此風景可以長住心裡。

2 上床睡覺，搭船回家

住在小島上的小孩，十五歲便搭船離開小島出外求學，我是，我的孩子也是。

第一次離開家就到南臺灣求學，多數同學見我口音怪怪的，又ㄢ、ㄤ不分，直覺我是來自一個不同世界的人，常把我跟泰緬同學歸成一類。一個同窗好友，時常糾正我的國語發音，她想了幾個口訣叫我練習，不時，就教我練習說：「上床睡覺，搭船回家。」

她很清楚我是一個要搭船回家的人，也知道要回家是多麼不容易的事。那個年代，每個月只有三航次的補給船，每十天一班船，如果你錯過了一班，就要再等個十天。那個封閉不安的年代，連時間也不值錢。

六〇年代，我有一個家在南部的嬸嬸要嫁來小島，叔叔在小島等她，她在基隆等船，卻整整等了一個月，連續幾個颱風船無法開航，身上的盤纏也用盡，就去投靠一個曾在小島待過的老兵，陪著新婚嬸嬸等船的，還有我念護校的大姐，暑期她只放一個月假，另外一個月必須到醫院實習，在基隆港邊，日日看海，卻盼不到回鄉的船。有家歸不得的心情，是小島遊子共同的傷心事。

我二姐在一次假期結束，要返回臺北學校上課，因風浪過大，搭乘的ＡＰ艦在海上漂流了三天三夜，隨波逐流地靠上了高雄港，那班船上滿載著小島學子，在海上漂流面對著無邊無際的大海，二姐說，那種叫天天不應，叫海海不理的無助情懷，即使多年以後，不安全感，仍會在午夜夢迴時驚醒。

學生時代，一次我搭乘補給艦回家，乘客非常的多，有收假的軍人、百姓、學生，我沒有分配到臥舖，就跟著同伴拿著紙箱攤舖在甲板上睡，前、後屆的學長姐、學弟妹，全部一字排開睡在甲板上，睡得迷迷糊糊中我的臉被扎了一下，機靈地睜開眼，一個學長的臉在我眼前放大，扎我的鬍子渣長在他下巴，原來他偷親我！我驚嚇無言，睜大眼睛瞪著他，他說：「因爲妳長得太可愛了！」就這樣，事情到此結束，我不曾跟其他人說過，那個時代裡，什麼性騷擾？有更多的是，妳幹嘛長那麼可愛！

有位學姐，很會暈船，她說自己每搭一次船，像是死過一次又活過來。有一次，她的臥舖就在我對面，我看她皺眉緊閉雙眼，全身散發著綠油精味，還混著軍船油味，她在一陣呻吟下吐了，綠油精味道混合著嘔吐味，還有吃了一半的便當，這些嗅覺加上視覺的感受，直到現在，我仍會覺得反胃。而學姐一臉無奈說：「我再也不要搭船了！」她在很年輕時，就做到了。

那一年，我擔任小六班導師，帶著畢業學生自費去旅行，玩了五、六天，準備要搭船回家，海面風浪轉成九級浪，「臺馬輪」就停航了，這時心急如焚，但聽聞軍租船「金門快輪」將英勇開航，我與學生十幾人，便趕往基隆碼頭希望可以順利搭乘軍租船回家；到了軍船停泊的軍港，我們被拒於鐵門外，身後站著十來個小孩的我，向站哨阿兵哥述說著我的困境難處，那情景一定觸動了站哨阿兵哥的心，他搖了電話，出來了一位傳令，聽了原委說：「我們實在不能決定民眾是否可以搭乘，那我帶你去船長室，你自己跟船長說。」我回頭跟小孩們說：「你們乖乖在這裡等老師，老師去求船長載我們回家。」

我一個人跟著傳令登上「金門快輪」，鑽進了登船口，一股潮濕的油味撲鼻而來，梯子又陡又窄又暗，轉了幾個彎，到了船長室門口，傳令推門喊了聲：「報告！」傳出了「進來」的聲音。我心想：「今晚能不能帶著學生搭船回家，這是最後的機會了！」想著自己的處境，鼻頭酸，眼淚直接翻牆，邊哭邊說：「我一個女老師，帶著十幾位學生來畢業旅行，旅行結束了，要回家時，臺馬輪卻停航，今晚如果不能搭金門快輪回家，我不知道要帶他們去哪裡？」我又絮絮叨叨念著不把學生帶回家，無法跟家長交代之類的事，船長直視他書桌上的文件，從頭到尾也沒看我一眼，也沒說話；最後，只是對著傳令點點頭，我心中的陰霾一掃而盡，破泣爲笑不停的說：「謝謝！謝謝！」傳令再帶著我回到崗哨，學生得知消息，開心地簇擁著我，我們一行人由剛剛的鐵梯登船，到了船艙發現，尾隨我們登船的，還有許多住在小島的人。

軍船只載軍，不載民，我們也無處購票，搭了一次免費的船。那時，我在學生心目中可是女神等級。

一次，雙號從基隆搭先東後馬的臺馬輪回家，一早聽到廣播：「因風浪過大，無法停靠東引島，船將繼續開往南竿。」我簡直是被嚇得驚醒過來，從臥舖中跳起，心急地跑到船頭看，海浪迎面衝來，在船頭的玻璃窗上開了一朵又一朵，船也不由自主地上下左右搖晃，我的家、我的小島，就在眼前，而船不彎靠就走，怎麼行？我跟幾位居住小島的人衝到船長室，一時間，你一句、我一言，咆嘯聲四起，彷彿眼前就看誰先軟弱？不知是不是咆嘯聲，大過迴轉的南風，使風浪稍稍平息，船長手持船舵，左右左右便成功停靠，我們就默默地下船，回到小島。

在碼頭如果聽到有人說：「上ㄔㄨˊㄤ了」你就跟著他登船，先上「船」，再上「床」，當做睡在搖籃裡，睡醒就到了你想要去的地方了。

小島，船來了，有人上船，有人下船；說再見，有人再見，有人不見。

而我，仍是「上床睡覺，搭船回家」的人。

3 「黃瓜發了」黃魚滿載

小島的黃金時代是捕黃魚，五〇及六〇年代，黃魚汛期是清明節到端午節之間，驚蟄過後，其他島嶼的漁民便開著自己的漁船，聚集在東湧山，住進了島上討海人的家裡，小島頓時人聲沸鼎、熱鬧極了。

這時節，黃魚從東南沿海進入小島海域產卵，每到「大水」（初一、十五滿潮）時，每個討海人總期待「黃瓜發了」（黃魚滿載），小島上有一個傳說：「如果討海人，家有黃蜱跳進屋裡，今天『黃瓜』一定會『發了』！」我常常在「大水」時，一放學就守在家門口，一邊寫作業，一邊緊盯門口，期待黃蜱跳進屋裡來，有幾次見黃蜱在門外徘徊，卻不見跳進家門過。但依爸的「黃瓜」確實「發了」幾次，「黃瓜發了！」依哥大學的學費也有了著落，依媽也會露出笑容，家裡的氣氛也跟著輕鬆了。

每一次「黃瓜發了」，大家的話題總圍繞著「老艄」是如何「聽聲」的，討海人是如何使力拉網。依爸說，黃魚要產卵時肚子會痛，便會發出像開水煮開時的沸騰聲音，聚集在一起的黃魚越多，聲音就越大，在此處下網就會「發了」。「黃瓜發了」全島的人都興高采烈，漁船返航回到小島時，通常是傍晚，船因爲承載重量，都快要「瀰」在水裡了，船一艘接著一艘返航，黃澄澄的黃魚滿艙滿船，在夕陽映照下，魚鱗片也閃著金光與海上粼漓波光相互輝映，整片海被染成金黃色，小島也成了名副其實的黃金島。

在「小水」時，討海人就在家門口補「黃瓜（䌞）」（閩東語，音ㄌㄧㄢˋ，捕黃魚的網），依媽會幫著依爸補「䌞」，家裡有幾把補「䌞」的梭子，梭子是用竹片削的，梭子中間有竹針纏繞著補「䌞」的尼龍線，將梭子補滿線，便是我們姐妹的工作。我左手拿著梭子，右手拉著線頭，要將線纏進竹針時，左手食指便要將竹針往外推，右手順勢將線繞進竹針，這樣一下正面、一下反面，反覆翻動梭子及繞線，梭子就纏滿了線，我常常因爲食指用力擠壓梭子中間的竹針，指腹變形疼痛，常常叫三姐來接手，她手腳輕巧，總是做得比我好。

「小水」，討海人清閒，就聚在一起「逼牌九」（賭牌九），依爸也愛去「逼」，爲此依媽跟依爸常常吵架，依媽常說「賭錢輸窮鬼」。這話不假，依爸「逼牌九」就常常輸。依俤姨丈的家裡，讓大夥兒聚賭抽頭，有一晚，依爸也去了，依媽和我們在家裡，依媽忐忑不安，礙於情面不敢去找依爸回來，這時，三姐就說：「我去叫依爸回來！」我怯怯地提著手電筒跟在她後面，她氣沖沖地敲門，秋英姨探頭出來，三姐眞是膽大包天，她竟然大聲開罵：「你們開賭館，眞是害死人了！」罵完掉頭就走，秋英姨是依媽的親姐姐，我連看秋英姨一眼的勇氣都沒有，就低著頭跟著三姐後面走回家，沒等一會兒依爸就回來了。第二天，秋英姨來跟依媽告我們的狀，依媽一句話也沒應，也沒有罵我們。

國小六年級時，林河銓老師當著同學的面對我說：「恭喜妳，聽說妳依爸戒賭了！」那時，我驕傲極了。我依爸就有這種氣魄，說不賭就不賭。從此，依媽的家訓也讓四個女兒牢記在心：「千萬別嫁給會賭博的男人哪！」

討海人向大海拚搏，也向賭桌拚搏，一樣狂喜。在這季節裡，我的心裡最不安，擔心依爸的拚搏沒有收穫，心疼依媽蹲在井邊，爲一個大戶人家洗全家人的衣物，只爲賺取一個月五百元的洗衣費，依媽嘴裡唸著：「嫁給你依爸後，就沒快活過！」有一大段童年時光，心情就像這個時節，有瘋癲的南風或鋪天蓋地的大霧，時而潮濕，時而陰晴不定，像是曬在屋簷下的衣服，看起來是乾了，但摸起來仍「潤潤」（音ㄋㄨㄥˊ ˙ㄋㄨㄥ，潮溼或濕軟）的。

4

夏日與鱟相遇的回憶

夏至，陽光毒辣，曝曬在毫無遮蔽物的小島上，這個時候，依爸「下江圍津」（閩東語，一種捕魚法）。一天傍晚，我急著要出門去玩，在門口便見依爸跟憨俊叔，兩人掮著一擔漁獲，他們放下擔子，依爸從擔子裡，抓出兩隻鱟、一隻魟，丟在門口叫我顧著，鱟是一隻公一隻母，母的體型比公的大，我先是認命的顧著，但時間一分一秒過去，怎麼都沒有人回家。

於是，決定將兩隻鱟一隻魟抓到家裡，這樣就能放心出門去玩了。我用右手抓住母鱟的劍尾，才走兩步，母鱟因爲重量及劍尾上的黏液，便整個滑到地上，母鱟的劍尾上長滿了刺，有幾根刺經過我的右手大拇指，頓時傷口血流如注，我嚇壞了！衝回屋裡，拿起掛在桌腳上的「腳布」（擦腳布），壓住傷口，但鮮血仍從「腳布」冒出，這時正好讀軍校的依叔走進家門來，看到這情景，也嚇了一跳，就帶我到衛生所，醫官看了一下傷口說：「傷口很深很大，要縫四針，但是衛生所沒有麻醉劑，就這麼縫了吧！」消毒後，就要縫了，第一針插進肉裡，我哭得呼天搶地起來，這時，醫官改變了主意，拉開距離縫了兩針。現在右手的大姆指上仍有清楚的傷口疤痕及縫線的痕跡，記錄了夏日與鯊相遇的回憶。

在還不知道鯊魚魚翅是極品的年代，依爸捕的鯊魚裡有一種叫「雙竹鯊」，是眾多鯊魚之中，肉質稍微比較鮮美的，依媽通常打成魚丸，她先用菜刀將魚肉片出，魚肉放在砧板上，依媽一手各抓一把菜刀，上下不停交替剁著，魚肉剁碎後，放在大鍋裡，加上地瓜粉，依爸用長滿繭如鋼鐵般手掌，使勁在鍋裡上下左右用力翻攪，空氣因爲受到擠壓，發出ㄅㄡ！ㄅㄡ的聲響，依媽不時用食指及拇指搓搓捏捏魚肉，經驗告訴她何時要再點加粉、何時應該調味、何時可以擠成丸子了。

我們幫忙「起灶」，用曬乾的白茅乾柴點火，燒開一鍋水，依媽右手抓握魚肉，再從虎口擠出一顆又大又圓的丸子，左手手指合併，將其挖出丟入滾開的熱水中，當魚丸不停跳動浮在水面上時，就熟了，被撈起攤在篩子上晾，鯊魚肉做成的魚丸，吃起來柴柴的，不如鮸魚好吃Q彈，鯊魚皮則放入滾熱的水中「退沙」（閩東語，去除魚皮上的細鱗）後，拿來做「滑湯魚」，而魚翅在那個時代，只能跟著雜魚被扔在垃圾堆裡。整個屋子也因此瀰漫著魚腥味，讓人窒息，次日一早，我跟依媽提著魚丸，拿到中路市場去賣，讓人窒息的腥味，卻吸引了「蒼蠅母」一路跟著我們。

小島的夏天，討海人會開船出海，上附近的礁石「討礫」（閩東語，音討ㄌㄚ，採集貝類）。「討礫」貨中有淡菜、筆架、岩螺等等……依媽會跟幾個要好的依婆、依嬸一起去海邊挖「蛥」（閩東語，音ㄉㄧㄝˊ，即是蚵），她們會先在我們家門口聚集，依大嫂、二妹姨、阿英姨、矮仔婆都是依媽一起挖「蛥」的好姐妹，在海邊，危險無所不在，姐妹們互相照顧幫忙。但鄰居依水母，總是一個人到海邊「討礫」，獨來獨往，在海邊攀岩走壁，輕鬆自得。依水母身材精瘦，眉宇間常常鎖著憂鬱，薄薄的嘴唇緊抿著，她的丈夫依水，一手做大餅的好技藝，她便去四處叫賣。一個滂沱大雨天，她腰間扣著餅盆，從家門口閃過，不撐傘也不躲雨，眼睛看著要去的方向，眼神蒼茫而深遠。依媽說：「昨晚依水又動手打她了！」依水母每次受委屈，總要到她依嬭的墳前嚎啕大哭，把所有痛澈心扉的辛酸，用淚水來洗滌撫平。

我想，依水母喜歡一個人到海邊，要的是那份掙脫束縛的自在吧！有一天，她到海邊「討礫」就不再回來了！再尋到她時，已是一具蒼白冰冷的身體。大海擁抱著依水母身體時，或許說著：「快來我這裡，妳不需要再掙扎了。」

暑日，海上浪花在豔陽的照射下熠熠生輝，夕陽餘暉中也金光點點，依爸跟憨俊伯、依雅伯會去海邊撿螺、挖殼菜（淡菜），整個夏天他們接受陽光的洗禮，皮膚黑得發亮，一天傍晚，幾個小孩坐在家門前的矮牆上，遠處走來憨俊伯，穿著三槍牌的白汗衫，搭著深藍色短褲，天將黑未黑時，只看到一件被身體撐開的白上衣往眼前移動，當憨俊伯開口說話時，裂開嘴露出一排白白的牙齒，大夥兒便啞然失笑，憨俊伯的黑皮膚是可以躲進黑夜裡呢。

腦海閃過往日的畫面，是我從樂華村八十一號婆家一路往下，走著走著……到樂華村五十二號娘家石頭屋前眺望。深秋，大海的顏色是藍色長條色塊，有淺藍、寶藍、湛藍，豐富而有層次，海風徐徐輕拂臉龐，瞬間我從步履蹣跚的中年變成綁著馬尾的女囝，蹦蹦跳跳跑進石頭屋裡，看見依爸坐在廳堂的矮桌邊，三姐站在桌旁，桌上有一大碗蒸好的「浪碰」、一盤炒得油油亮亮的花生米、一盤粗梗的空心菜，三姐對我使使眼色，我拿出藏好的紅露酒，她說：「依爸，生日快樂！這是我們送你的生日禮物。」

＊編註：馬祖人母語是福州語，最近有大量的訊息改稱「福州語」為「閩東語」。

5 依爸「放蟹」回來 依媽做「蟹青」

生長在小島上，推門便見到海。

每天在浪濤聲睡去，在浪濤聲醒來，小島四周水深潮暢，群礁拱抱，海的顏色、表情豐富多變，時而平靜似鏡，時而驚濤裂岸，捲起千堆雪。大海是島民生存的依靠，有了海便有了希望，有了海便能生活、生存下來！對於大海，我有著更多的敬畏，敬的是祂餵養了我們一家人，畏的是祂深不可測，那深愁的水應混著人們的眼淚啊。

時序進入立秋，在五〇年代的小島，這個時節是要「放蟹」（捕螃蟹）了，我就在這時候出生，依媽懷我時，依爸擔任鄉公所村幹事，因受上級長官貪汙牽累，依爸便投筆歸海。在那個時代，上面的人貪汙沒有把下面的人拉來一起陪葬，算是非常有良心有承擔了，儘管被鄉長免職了，依爸心裡一點都沒有怨氣，覺得自己能幸運躲過牢獄之災，已是萬幸。那時，依爸還不到三十歲，住在燈塔裡，雖然有了家室，也做了父親，但是在依公的庇護照應下，還無法眞正體會日子的艱難。接著任公職，坐辦公室、拿筆桿，固定的薪水足以讓一家子溫飽。直到離開燈塔、失業，坐困在食指浩繁的家庭裡，沒有選擇之下，成爲了一個討海人。

我一出生，依媽就急著要把我送去當「媳婦囝」（童養媳）。還好，「媳婦囝」的交易沒有談成，切不斷的情緣，無論日子再怎麼難過，註定一家人都相守在一起。依爸第一次討海是「放蟹」，清早，天濛濛光就要「下江」（出海）去，「下江」幾天後，依爸對依媽說：「碧玉！我『下江』時穿拖鞋，站在舢舨裡，腳野痹（凍），想要有一雙雨靴。」依媽揹著我，一隻手不停的轉動石磨，每轉動一圈石磨，豆汁就從石磨下被擠出，從凹槽流入綁好的布袋裡。依媽每天在依灶母的豆腐店裡，磨一個早上的豆漿，只爲拿一桶免費豆渣回來餵豬，依媽看著不斷擠出的豆汁，嘴裡叨念著：「依珠（依爸的名字）早頭『下江』，講腳野痹，想買一雙雨靴，家裡乇許鑾多錢！」依灶母一聽便從圍裙中摸出兩百元說，「先拿去買雨靴吧！」日後依媽對於依灶母的恩情可是記了一輩子呢。

依爸「放蟹」回來，賣剩下來的蟧蟹，「老艄」（船老大）分得兩份後，其他的便平分給每位船員。分回來的蟧蟹，依媽會抓幾隻做成「蟹青」；

「蟹青」是先將螃蟹殼剁開，整隻蟹剁碎，再挖出蟹殼兩尖角的蟹膏，再加上醋、蒜頭、白糖、鹽拌一拌，酸酸甜甜又有股鮮味，便可以下飯吃了。依爸喜歡在「蟹青」裡丟一小撮曬乾的紫菜，紫菜吸飽了酸甜鮮味的湯汁，送入口中時，滿足地咂嘴弄唇。大部分的螃蟹一隻隻排在灶上大鼎裡面加水蒸熟，蒸到鍋蓋咕嚕作響、白煙直冒時，掀開鍋蓋先是一陣白煙竄出，煙散去後便露出紅澄澄的螃蟹，不記得那時的蟹肉是否鮮美，我只覺得依爸「討海」很辛苦。

依爸年少時，在燈塔看海，日出太陽從水光瀲灩中升起，日落太陽從深沉浩瀚的大海邊落下。海的湛藍與塔的白，應是最幸福的顏色吧！當晨曦的微光照在舢舨上時，依爸，你可記得海是什麼顏色呢？

陳翠玲手繪
條紋魚還能
優游嗎？

6》討大海用性命去搏

小島的冬天，東北季風大作，海上常常驚濤駭浪，而討海人卻有波瀾不驚的氣魄。從小感受到小島凜冽的寒風，彷彿可以冷到天荒地老，六〇年代的我們坐在教室裡喊著：「好冷呀！」班導林河銓老師便會說：「想想你們的依爸，他們都在討海，海上一定比教室冷。」但我的手長滿了凍瘡，一根根手指頭紅腫得像烤過的香腸，皮破肉綻的痛及癢充滿我的心緒。

這時，討海人便開始做大「縊」（討大海），漁獲豐富且多樣。依爸除了「下江討海」，還兼做會計，他常常搬一張板凳坐在「縊」寮門口，一手拿著帳本和筆，一手拿著算盤，腳邊放著木製提籃；這提籃是長方體，分成兩格，上面各有一個蓋子，一邊放大鈔，一邊放零錢。對面站著依炳叔，地上及簍筐裡有分類好的魚種，有鮸魚、白鱗魚、帶魚、墨魚、還有「浪碰」（各種小魚）等等……。

依炳叔拿著一桿秤兒，右手的大拇指套進秤桿上的平衡環，前面的鉤子勾住鮸魚的鰓蓋，再移動秤桿上的秤錘，待秤桿平衡後，左手大拇指與食指扣住秤錘上端的線，線落在秤桿上的刻度，便是鮸魚的重量，要買魚的依婆，嘴裡直呼：「稱好看一點。」當依炳叔對著依爸報出鮸魚斤兩時，依爸就將上排有兩顆黑珠子，下排有五顆黑珠子的大算盤，放上大腿上，手指頭靈活的上下撥動幾顆珠子，便喊出價錢，邊收錢邊記帳。依爸對十進位算盤的操作，非常嫻熟專精，曾幾次想教會夥伴，可以分擔工作，最後大家仍喊著說：「依珠！還是你來吧！」

做大「紺」捕到的墨魚，爲了保存，都曬成墨魚乾。

我和幾個依姐裹著大棉襖，在鑼鈸角的水井邊，蹲在「兩腳桶」的墨魚旁邊，依姐用刀先將腹部剖開取出內臟，但墨囊得另外收集大碗公裡，因爲那是依爸下酒的極品，而討海人對於海的情感，往往表現在對海中物的喜愛和執著。接著，將墨魚頭部中間劃一刀，兩邊再各劃一刀，墨魚的身體就整個攤平，我負責將攤平的墨魚放入水中沖洗掉烏墨，冰冷的水、刺骨的風，手「痹掉喔」！原本長凍瘡的手，就更紫更痛了。依姐們俐落的身手，一隻又一隻的處理墨魚，臉上被「野酸」的東北風，吹得兩頰皮膚乾裂通紅，最後，再用竹片打個十字撐住墨魚身體，曬在屋簷前。

晚餐就有一碗公蒸熟的墨囊，依媽用鋼杯裝著新釀好的老酒，請我們嚐嚐今年釀的是不是好酒？一家人輪流喝一口，一桌子未傳完，鋼杯的酒已見底，依爸說，這可以證明今年釀的酒是好酒，大家笑了起來，我看著依爸滿嘴「烏黜黜」（黑黑的），依媽也是，大家都是！我笑得更大聲了。

這時，海上有最狂的風，似乎整個冬天，天都灰濛濛的，海也灰濛濛的，三角形的波浪頂著一抹白雪，三角形的波浪快速奔跑，三角形的波浪層層疊疊，讓整座大海都立體起來。

依爸有一段時間，在東興壹號走船，從基隆載貨來小島，供應小島上的民生必需品，一樣也做大「緑」，漁獲直接銷售基隆。有一回，依爸帶回小島沒有的吐司，我們姐妹兄弟一人拿著一片吐司，先是湊到鼻子聞聞，有濃濃的奶油香，摸起來軟軟的，抓著吐司先從邊邊吃起，小心地啃食，就怕吃得太急而錯過了什麼；大我兩歲的三姐吃完以後，就跟依媽說，以後依爸從臺灣回來，就帶回幾條吐司，我要帶到學校賣，一片賣一塊，這麼好吃的吐司一定會有人買。以後依爸回到小島時，總帶上幾條吐司，三姐把吐司裝在黑人牙膏的紙盒裡（那盒子可以裝十二條黑人牙膏），抱在胸前帶到學校，趁著下課到各班級兜售。當放學回到家，我總期盼三姐打開她的箱子，展示裡面空空的樣子，接著她掏出賣吐司所得，如數交給依媽。窮困的歲月讓人在磨難中鍛鍊，學會生存的本領。而三姐算是姐妹中學得最好的人。

依俊依舅，是依媽唯一的弟弟，去東興捌號走船，依舅走船大部分的原因是跟依妗「日暝相罵」，乾脆走遠一點，不要天天見面。同住鑼鈸角與我家只有幾步之遙的依大叔跟依舅同船工作。依舅跟依媽倆，姐弟情深，依舅一有心事，便來家裡跟依媽攀講，印象中依舅總有許多心事，心潮如海潮般翻騰不已。他非常疼愛我們兄弟姐妹，有一次，他走船回來，帶一隻會打鼓的小猴子，這玩具是一個鐵製品，猴子的肚子裡塞一顆電池，打開開關便不停的打鼓，在那個年代這玩具應該所費不貲，但他總捨得買給我們。

國一的寒假，東興捌號想在擺暝前，來回小島跟基隆，進口一些擺暝的用品。在回程的海上，東興捌號沉沒在大海中了，依大叔、依舅及另外的五名船員罹難，只剩一位船員倖免獲救。這天大不幸的消息，傳回小島，小島上的人在惶惶不安中度過了擺暝，討海人及家人是跪在白馬尊王廟前，有祈求也有責怪；而依媽哭得肝腸寸斷，整整臥床一星期仍悲傷不能自已。

小島流傳著依大叔今年要輪到做泰山府的祉頭了，不想出這趟海，但依大嫂堅持要他搭上這班死亡的船，原因是依大叔好賭，小島擺暝期間，賭風最盛，依大嫂不想他去廟裡聚賭，逼他出海。所以，是依大嫂間接害死依大叔的流言，在小島傳來傳去，依大叔的依嬭（我們叫他依大婆）從此與媳婦依大嫂決裂，彼此怨恨，各自悲傷。一個失去丈夫，一個失去兒子，這傷痛孰輕孰重？冬夜裡，她們的啜泣聲與思念，隨著呼嘯的北風吹過小島的鑼鈸角，再吹向海裡。

冬天，船在白浪滔天中航行，是用性命去搏吧。依舅在驚天巨浪中翻滾時，心裡在想些什麼？有巨大的恐懼？有思念親人？有不甘心只有短暫幸福吧。此時，依媽、依大嫂及依大婆淚水早已匯集成海，海變成了蒼白的淚海。

7

悠悠歲月　百年老家

房子太老，承載不了那麼多故事，所以樓塌。

那年七月，挖土機開進單行道，振臂高舉，對著老屋一角揮擊，屋牆便嘎嘎倒下，在老家出生又住了五十多年的小弟，難掩心中的不捨，黝黑臉龐雖面無表情，但小眼睛晶亮透著不捨，拖著藍白拖，不安的走來走去。挖土機駕駛座上的董董，右手將拉桿往後打鬆，再往前推，挖土機又再前進幾步，機械手臂拉高放下，用力左扒右扒，老屋便徹底變成瓦礫石堆，連原本想要留下做紀念的石頭窗榫跟門楣石板，也被壓在殘垣亂石之下，在大暑酷熱的高溫下，能做的也只是收拾心情。

兩、三年前，依媽總是打電話來跟我說，老家在半夜，有飛蟲滿屋飛來飛去，心裡很害怕，一到天亮便躲得無影無蹤，我聽著聽著，總覺得依媽像是張愛玲晚年時，被屋子裡的「蟲患」所苦，也只是自己想像的。

讓我相信眞有「蟲蟲危機」，是因爲我也親眼目睹了「蟲患」，那天假日因小弟與弟媳出門，我在老家陪著依媽及一雙年幼侄子女，眼前突然一陣暗黑，有黑翅的小蟲成群結隊從眼前飛過，我從腳底發麻到頭，感受到依媽在半夜醒來，躺在床上目睹這情景是如何害怕及無力，原來這蟲害不是虛構的，就在眼前。

伶俐的姪女立刻端來一盆水，關掉屋裡所有的燈，拿起手電筒對著水盆照，馬上看見飛蟲循著亮光而來投水自盡，有的在水面用力鼓動翅膀，做垂死前的掙扎，有的立刻浮屍水面。原來蟻蟲也住進了老家，他們啃食梁柱和木地板，長出翅膀是因爲繁殖期到了飛出求偶。

讓依媽最崩潰的一次是那天踩在二樓樓板上，樓板應聲斷裂，她便歇斯底里地哭了起來，打電話給所有曾經住過老屋的人，我當然也接到了電話，不由得我答話，便以命令口氣要求立即前來。我看著這百年老屋的敗壞，聽著在老屋中住最久的依媽不捨的聲淚俱下，說著：「祖先留給子孫的屋子，如今棟梁木板敗壞，如何是好呀？」也彷彿她常叨念著自己體力大不如以前，依爸都走了十年，她卻還活的，怎麼能活得這麼久啊！

祖先篳路藍縷，來到小島，爲覓棲身之所，所以樓起。

這是依媽說了一遍又一遍的故事……

百年前新居落成，一家人歡歡喜喜地住了進來，午夜傳來鬼哭牛嚎之聲，驚擾著一家人，數日不能好眠。

宅裡供奉著依公從福建請出的黑虎將軍，一個早上突然爆筒（發爐），神媽（乩童）鴉片酥起乩，指著建築師傅華沙說：「你在屋中梁上放了什麼？」，華沙說：「沒有！」鴉片酥兩眼眼球往上翻只剩眼白，左手揹在腰後，兩腳一前一後，右手顫抖不已指著華沙說：「你敢說沒有！」

頃刻間，華沙無言以對，爲求清白直下誑語：「如果我有做，眼睛就瞎掉！」這時，似乎有雷電直射華沙的右眼，華沙叫了一聲，用手摀著右眼，再拿開手，發現眼前的景窗似乎變窄，再閉起左眼，被眼前的黑暗嚇了一跳，連忙手指著大廳的屋梁，大家手忙腳亂爬上屋梁取出一個布包，打開一看，裡面包著頭髮紮綑的牛角，依嬤叫了一聲：「華沙！你竟敢下蠱。」

百年前，依公跟大嬤（曾祖母），從福建流浪到小島，大嬤只帶了一件圍裙、一個火爐，及少少的盤纏開始了生活，依嬤七歲就到依公家當童養媳，十二歲便與依公圓了房，能幹的她便當家主事起來，僱請小島上手藝精巧的師傅華沙，蓋一小厝容身一家三口，但房子越蓋越大，成了有三進的大宅。吸食鴉片上癮的華沙師傅，常常入不敷出，逼著依嬤預支工資，依嬤也因資金跟華沙有了口角，因此，種下了華沙對老家下蠱的念頭。

老家供奉的黑虎將軍，信衆極多，在擺暝極盛時期，祭品禮儀有十幾副之多，每次元宵擺暝時，神媽鴉片酥總是起乩，有一次，鄰居木龍依爹，覺得鴉片酥平日的作風不值得信任，便指著他說：「你別裝神弄鬼！」神媽鴉片酥面無表情，身體微彎，左手揹在後，右手指著木龍依爹鼻頭，鼻血便噴發而出，在場的人驚嚇不已，從此對黑虎將軍信仰更是堅信不移，黑虎將軍對於木龍依爹的無禮，罰他敬獻元寶賠禮了事。

在當時，老家這樓房是新穎醒目的，撤軍來到島上後便強行進駐，駐軍在這裡辦公執行戰地任務；也曾是勞軍團的招待所，演藝人員進進出出，吊嗓子、倒立練身段；也是小島上的結婚禮堂，島上許多對長者，在老家裡互許終身共築愛巢，就連鄉公所也曾設址老家，軍派的鄉長在老家運籌帷幄執行著小島的鄉政。

老房子的木頭梁柱間多以卡榫銜接，樓上、樓下用木板各隔三間，大門一進來便是一個大廳堂，左右各有一進。在當時，這樓房方方正正蓋起來所屬不易，屋子的石牆是方正的石頭砌起來的，石頭之間的黏著劑是用黃土加水，用腳踩踏的十分均勻軟Q，當做洋灰來糊。每一個窗榫的造型，如一顆大臼齒，有著長長的牙根，埋在厚厚的石牆裡，工法之講究非現在的建築可比擬的，難怪依媽常說，把黃土當做洋灰，可以住百年，現在水泥房可以嗎？

我生下來幾個月後，政、軍單位便退出老家，我們一大家子的人，便搬回老家居住。一九九六年愛麗絲颱風掀起了屋瓦，吹倒了老家的牆，十個月大的我就睡在被掀起屋瓦下的床上，大海如有強力吸鐵，將海水吸進深淵，累積能量後，再往小島噴發，面海的老家首當其衝，兩扇高一米多的木門，不時被強風頂開，雨水灌進大廳，依爸、依媽忙著用粗木條頂住木門，這時依嬤突然想起了什麼，衝上樓將我抱起衝回樓下，我得以保住了一條小命。

依嬤的房間在樓上右進房，自從我懂事以來，身體虛弱的她就常臥病在床，在樓下不時聽見依嬤咳嗽及喘痰聲，鴉片未禁之前吸食鴉片止痛，鴉片禁用後，就用水煙壺放菸草來抽。我有時坐在床邊的小板凳上，看著依嬤嘴就著吹嘴，兩眼微瞇迷濛，嘴吸一下，水煙壺就發出咕嚕咕嚕的水聲，後來依嬤改抽紙捲菸，竟日偎在舖邊，食指跟中指之間被煙燻得黃黃的。依嬤是有鵝蛋臉的古典美人，三十六歲便做了依嬤，與長媳的依媽，同時期懷孕還生了叔叔跟姑姑們。

依媽口中的依嬤精明當家，十足是那個時代的典型婆婆，而她自己當然也是傳統的媳婦樣，能幹且乖巧，家中食指浩繁，支出總得精打細算，依媽洗一家子的衣服，肥皂用完，就叫我去樓上跟依嬤拿，我爬上木樓梯，推開木門，聽到門「啊！」一聲，煙霧瀰漫的房裡，依嬤仍偎在床上，我叫了聲：「依嬤！依媽說，沒有肥皂了。」依嬤下床拿出半塊肥皂，肥皂上的字有時寫著「南」，有時寫著「僑」，而「南僑」水晶肥皂是當時唯一的品牌。

我剛入小學時，依嬤因氣喘嚴重送到小島上的野戰醫院，因打了一劑止喘針，便停止了心跳，送回老家時，就躺在老家大廳裡，底下是兩張長板凳上面拼放幾片長條木板，被子蓋過臉，只剩穿著黑布鞋的一雙大腳。後來，依爸過世也是躺在大廳裡一樣的位置。

國小階段的我留著一頭長髮，總是束著一條馬尾或編成兩條辮子，上國中第一天，無視於髮禁，仍頂著寶貝長髮到學校報到，教導主任一看到我，就說：「妳回去把頭髮剪短，再來報到！」我回到家，依媽還在海邊討沰挖蚵，我披著散髮，倚在老家外牆，抽抽噎噎、悽悽楚楚地等依媽回來幫我剪髮，遠遠看著鄰居同學都下課回來了，全身濕濕黏黏的我，只好起身躲回屋裡去，剪下的長髮，用幾個我平常最愛的髮圈束成一節一節的，放在老家房間書桌的抽屜裡，不時的拿出來看，直到忘記它爲止。

傍晚，夕陽從老家窗戶透進來，成爲一把光束，我學著漫畫書《紅舞鞋》裡的女孩，將腳尖壓下，伸在由窗戶投射進來的光下，腳尖影子被拉得很長，想像著《紅舞鞋》裡的女孩般，只要力爭上游，便能實現明星夢，這是我在老家裡最初的夢想。

訂婚時，我穿著田園風的紅色碎花連身裙，將波浪長髮紮成公主頭，額前的瀏海吹成當時流行的高角度，從老家樓上的房間蹦蹦跳跳下來，坐在老屋左進小廳的椅子上，雙腳蹬著酒紅色的短跟鞋，幸福地放在小板凳上，外子爲我戴上婚戒，就這樣我嫁給了同住島上的同窗。兩家距離不到百公尺，從此，變成了「女兒賊」，受老家的庇護從我一人到兩人，有了孩子後變成四人，對於老家裡依媽、依爸的付出及愛都理所當然，我像老鼠一樣，將愛一點一滴搬回婆家。

我的孩子是在老家大廳學會走路的，依爸等孩子站穩邁步向前時，手抓一把生鏽的菜刀，在孩子身後的地上畫一條橫線，他說：「用刀斬斷拖泥帶水、懶惰及害怕。」從此孩子們就大步開走，不再畏畏縮縮不敢前進了。一次女兒的乳牙搖搖晃晃的，怕痛不敢讓人碰，依爸叫她到身前說：「給外公看看！」依爸一邊跟女兒輕輕說話，一邊趁著她不留神，用他如鉗子般的手指輕輕一扭，乳牙便到了依爸手心。

依爸每次工作完回家，一進門便坐在大廳左邊的木椅上，卸下工作鞋，再把脫下的襪子塞進鞋裡，跟門後長筒雨鞋排放在一起，從上衣口袋裡取出長壽菸，自顧自地抽了起來。

後來老家加蓋了北面的廚房及現代化衛浴，廚房門口面海的三角地，是依媽最常待的地方，站在陶缸邊洗菜、切菜，蹲在地上殺魚，右手拿刀，左手在水盆撥水清潔魚體。往後，老家的新成員侄子、女出生後，爲寶貝新生兒健康，依爸從此不在屋裡抽菸，也移到外面這小小的角落抽菸。侄子、女日漸長大，姪女喜歡在老房子裡騎單輪車，不論木門或石牆都是她的扶手，侄子喜歡籃球，隨時可以做運球轉身投籃的動作。

房子太老，放不下新故事，所以樓再起。

依媽說起老家，也正如她自己說的：「幾十年來的往事，都在心頭。」她是老家住最久的人，關於老家的故事，她每次總是重重地提起，很難輕輕的放下。

小弟一家人，不時坐在屋前的涼亭，眸子總是透著深情，眼看著樓塌又即將樓起，每一天都是美麗的等待，新屋子將有一家人的愛與夢想。

悠悠百年流金歲月，老房子如今繁華褪盡，盼能優雅轉身，新居落成時，相信將一樣的是：家不只是遮風避雨之處，而是在歲月流轉中累積的愛。

8 ≫ 跑步

暑假，獨處時間變多，把在學期中沒有閒暇想的事情或問題，好好思考一下。去年暑假有一天晨起，心裡想著：「時間過得眞快，我不能就這樣老去！」於是，開始跑步。

新店北新國小的運動場共有六個跑道，一圈應該不到兩百公尺吧！第一天，跑了一圈我就不行了，身體像是有千斤般重，接著五圈是用走的，看看身邊運動的阿桑，看起來比我這老太婆還要老太婆的一個個跑得停不下來，心裡還眞不是滋味。接下來的日子，我常常去運動場報到……。

年輕的時候喜歡跳舞，念專科時常去YMCA跳韻律舞，接著學太極拳、太極劍跟跳鄭多燕，但總不能持之以恆，很多時候需要音樂及友伴相陪才能運動，這些運動沒法簡單腦袋，必須記住舞步及招式的繁複，以前覺得單調的跑步運動，現在成了可貴的簡單，可以恣意地感受土地和人。

回到小島，仍持續跑步，但小島一年中在戶外跑步的日子有限，尤其冬天的北風、空汙，都使人退避三舍，但我仍樂在其中，只要空氣品質良好，就出門跑步。

我喜歡在東湧運動場跑，有著標準一圈四百公尺的跑道，跑道線約束著我的節奏，從外圈的第八跑道開始跑，跑到第一跑道後就結束。而冬天，常常整座運動場都是我的！

但常常跑第一圈時，從頸部痠痛，痛到肩膀，人也暈暈的，應該無法跑完八圈吧？

母親節要到了，這些年辦母親節活動，心裡總是糾結。想著：那個一出生就沒有見過媽媽的小孩，幾年前跟著爸爸來小島工作。他心裡媽媽的形象，就是女老師的樣子，會教我寫功課、教我吃飯，身上還會香香的。上小一時，跟導師說：「老師，妳可不可以當我媽媽，妳嫁給我爸爸好嗎？」小二時，換了一位女導師，又問了同樣的問題。過了稚嫩的低年級，已不會再問老師這個問題了，每個小孩都會長大，依舊自己洗衣服，出門參加比賽及交流時，自己收拾行李。

跑第二圈時，膝蓋痠麻，直達骨盆，我覺得我應該撐不下去了。

我看著運動場邊的那幾棵龍柏，因爲北風強勁，樹型有些歪斜，枝葉也有了風的線條，這些龍柏種下去那一年，是寶銘叔叔任鄉長的最後一年，也是他人生的最後一年，他在運動場周圍植樹，並架了高高的圍籬來保護每一棵樹，存活的幾棵龍柏已經茁壯，不畏低溫及強風了。運動場入口處的立牌，寫著喜歡運動、欣賞運動、享受運動，是愛跑步的莫老建議寶銘叔叔題的，寶銘叔叔對工作投入且稱職，卻忙到沒時間運動，或者也不喜歡運動。

要跑第三圈了，好累呀！

我意志薄弱，但想到家裡那個人說我，只是比烏龜跑快一點點，我是應該撐下去呀。場邊立著兩個圓柱狀的公共藝術，圓柱條頂上一個立著正方體造型，一個頂著圓球體造型，當初設計的意涵，是紀念前後兩任在任內過世的小島鄉長，正方體猶如方正個性是「做事」的原則，而圓球體的圓融特質是會「做人」的象徵，而當政者的「才能」跟「人情世故」是一樣重要的。

整件公共藝術作品材質是灰撲撲的洗石子，這不起眼的公共藝術品也彷彿說著，不論懂得「做人」或「做事」，都是過去的事了。

第四圈時，口乾舌燥，小腿肚的細胞像是要立起來沖破皮膚。聽到對面山頭北澳村裡，傳來薩克斯風的樂音——這綠島像一隻船……是〈綠島小夜曲〉，我們居住的小島也像是海上的一艘船，風浪滔天時，在海上看小島，確實像一艘搖搖擺擺的船。接著是〈新不了情〉的曲子，樂音纏纏綿綿，徬徨、迴旋爬過遠方的山頭，最後爬上了心頭。

我已經跑進第五圈了。看到場中央草地上，透著春的氣息，小毛莨的黃和海綠的紫相依偎，互相道午安，這對比色像春天的一枚碎片甜了跑者視線。遠處成群結隊的黃頭鷺飛進北澳水庫旁的樹梢上，有的三三兩兩，有的亦步亦趨的跟隨同伴在草地上散步。

跑第六圈時，漸入佳境，整個人有些輕鬆起來，但這也只是幻覺，仍沒法子跑快，我應該可以順利跑完吧？

人間四月天，那是一個南風大作的夜晚，整座運動場就我一人跑步，但有不少遊客扛著大砲相機，在場邊等候，爲等候一隻鳥的身影出現，拍鳥人通常身著草綠迷彩衣帽，輕聲著討論拍攝主角的特徵，要能留下永遠的畫面，所有的等待都値得了。突然，運動場的照明燈全暗了，場外道路上遊客穿梭不停，原來，要去北澳口追藍眼淚，照明燈關掉是因爲怕有光害，沒有燈光的運動場，我怕黑便悵悵然走回家，這世界爲什麼精采？是因爲有人追淚，有人候鳥，有人跑步吧。

當我要跑進第七圈了，好累！我告訴自己再撐一下，好好跟自己身體相處。突然瞥見跑道上一個年輕身影，原來是新同事，跑步時簡直似飛，他說：「加油！」幫我打氣，我說：「你要跑幾圈？」他回：「跑累爲止！」等我離開時，他仍在跑，年輕眞好，都不累。場上的常客霞妹，跑步的速度及長度是令人敬佩的，當啓動跑步的開關，像一隻上緊發條的白鶺鴒，一口氣跑第一回合的八圈，第二回合的八圈再進入第三回合的八圈，最後一圈時仍是健步如飛，每次在跑道上超越我時，都讓我覺得自己的笨重，實在很不堪。

第八圈時，我看著自己的腳尖，想著一次同事轉述學生毛妹的話，毛妹說：「每次跑不動時，只要想著眼前這一步，就好。」多麼有智慧的話，連老師也被鼓舞了！希望，在教學現場，老師的話也能常常激勵學生，師生之間思想及情感流動像是浪濤湧進海蝕洞時，會發出絕妙的潮音。

好吧！再跑一圈，第九圈！

跑完，打電話跟女兒吹噓，說著：「一個老太婆的意志力，不容小覷！」
是的，當體力消退時，只剩意志力了。

陳翠玲手繪冬天的烏柏

9

我想念過去的自己

前幾天朋友跟朋友的朋友兩家子人來島上玩，朋友的朋友有兩個小孩，一男一女，他們自我介紹時不說名字，小男生說：我六歲　，小女生說：我四歲，所以，我就叫小男生「六歲」，小女生「四歲」。四歲留著妹妹頭，頭髮一絲一絲的，被瘋瘋癲癲的南風吹著，髮絲就像炸開的蒲公英但總不亂，若給她一朵蒲公英拿著，畫面一定絕妙。

晚上的散步行程，邊走邊聊，說話聲、笑聲不斷，我看著四歲腳蹬著一雙藍綠色的名牌球鞋，上坡時四肢協調，小屁股翹翹的，我問她說，「我可以抱妳一下嗎？」她一下子笑開了嘴，有些累的雙眼也瞇了起來，她的媽媽提醒我說：「妳小心！她等一下會像無尾熊一樣賴在妳身上喔！」四歲一下子跳到我身上熊抱著我，一路上走走停停，她不時用她的額頭，頂著我的額頭，一臉簡單幸福的樣子，不抱她時，也緊牽我的手不放。

走到了碼頭，我們席地而坐看天上的星星，天空繁星點點，每一顆都優雅淡定的閃爍，這時四歲及六歲也自然黏在我身上，看完了天上的星星，我們手牽著手走到虹橋，去看海裡的星星，藍色的星星與漂流物在岸邊磨蹭，我透過望遠鏡看到每顆藍色星星被刺激後發出藍光，如果星星會發出聲音，那天上的星星便是名曲〈小星星〉節拍固定而從容；而海中的藍星星就是〈小星星變奏曲〉有一種雀躍、變幻莫測的音符在跳躍。我們一群人依著欄杆，我抱著四歲深怕她一個不小心會滑落水中。就這樣我們一路吹著晚風再走回到飯店，在飯店門口道別，我跟四歲很自然的擁抱，她對我說：「明天再見！」大家笑了起來說，明天一早我們便要搭船離開了，她仍執意要說：「明天再見！明天再見！……」

走在回家的路上，我突然捨不得四歲起來了，我想我怎麼了，我們才認識呢。我推門進屋，餐桌上百合的香味撲鼻而來。原來是我想念過去的自己，想念孩子每天黏在我身上的日子。

照片裡，我抱著女兒，那天是她三歲的生日，我們都穿著白色洋裝，身後露出百合花枝，百合的品種多，花期又很長，從五月到六月都盛開著，屋子裡插著庭院種的臺灣百合，這淡雅的香味適合想念，而想念的味道彷彿透過照片溢出，而我正想念過去的自己。

輯2

古味食物

做甘貓、打魚丸、包粽子、做粿，
小島女性樣樣專精，口感循著古味，讓懷舊不停歇。

1

在有海景的廚房裡包「甘貓」

「甘貓」不是貓，是地瓜餃，又名水中月、黃金餃。

地瓜餃浮在湯裡，像是泛著光的半月，因而得名水中月。

黃金餃大多捏成三角包，可以水煮或油炸，皮泛金黃色，故稱之。

福州語稱爲「甘包」，意味著是有甜味，音直譯爲「甘貓」。

小島上的人常常利用閒置農地，種植地瓜。豐收時，人們喜歡將它做成地瓜餃，可當成點心及餐後的甜湯，地瓜餃這傳統點心，在馬祖列島中已相傳了百年之久。

大家口中的「潘姐」是我表姐，我們的媽媽是親姐妹，姐妹倆跟著外公來到小島居住，外公開著麻纜（帆船）來去小島及福建沿海跑單幫，一九四九年兩岸斷了通航，外公一人留在福建長樂的家鄉，他曾開著船靠近小島，將自己包裹在漁網裡，想躲過駐軍的眼目試圖上岸，仍被發現，又原船開回大陸，一人獨居至終老。

包好的甘貓

這種生離悲劇在當時不斷的上演……。

留在小島上的姨媽跟依媽兩人，環境所迫便早早找了人家嫁了。姨媽有容樸實憨厚，嫁給姨丈後，不時有被婆家欺負的傳言，傳到我依媽耳裡，依媽便會氣沖沖到阿姨家去興師問罪想護著阿姨。潘姐是阿姨的大女兒，國中畢業沒多久就嫁給表姐夫，較年長的表姐夫對她疼愛有加，在學校擔任廚工一職多年，外地來服務的老師，她像對待家人一樣用心的煮食，對於潘姐的手藝及貼心，離開小島的衆老師們，在十數年後再見，仍津津樂道。

潘姐料理傳統家鄉點心本事，在小島同年紀的一輩裡，無人能出其右，我依媽就常常說，潘姐就像她年輕時一樣，做事時「火野滿」（福州語，形容做家事俐落能幹），不論打魚丸、包粽子、做糋、甘包，樣樣專精，口感尋著古味，讓懷舊不停歇。還更有趣的是潘姐除了料理手藝跟依媽像外，連長相比我的幾個姐妹都更神似我的依媽。

期末，我們表姐妹倆相約包「甘貓」吃。

一起包「甘貓」，美其名是一起包，但我的任務好像也只是吃。我們倆躲在有海風吹入、夕陽照射的廚房裡大興爐灶，早就備好的「甘貓」餡，是潘姐將花生炒熟，放在平盤裡等涼，用酒瓶將其碾碎，加上等量的糖，再加酌量的五香粉、豬油及蔥末充分攪拌均勻，便是「甘貓」的餡了。

外皮是將地瓜煮熟，在小火的鍋中翻攪壓成泥，再加上適量的樹薯粉（或地瓜粉），潘姐手執鍋鏟快速和均勻，變成了一個麵團，趁熱放在平盤上，再撒些粉，不停地用雙手揉動麵團，直到麵團按壓它能Q彈起後，放置平盤上用雙手搓揉一下，用刀切成一小粒一小粒，拿起一粒放在手掌心壓扁成小圓形，用小湯匙鏟一小匙餡放入，對捏成半圓形。我則捏成有三個角的「甘貓」。

爐上的水已滾，丟下包好的「甘貓」，待「甘貓」浮起便熟了。盛在碗裡，浮浮沉沉，恰似天上一輪明月的映影，這「水中月」之名，是因爲畫面如此的詩情畫意呢！

潘姐又起了一個油鍋，一個個「甘貓」入油鍋，經過高溫油洗禮後，飽滿厚實表皮呈金黃色，就像黃金萬兩，吉祥又如意。

我們倆吃了水中月又嘗了黃金餃，這家鄉的味道，在潘姐的巧手下鮮活了起來！廚房的窗外有著海景、佐著涼風，廚房內有我倆細細的談笑聲，配著甜甜香香的「甘貓」，世間的五味雜陳也在潘姐豁達寬容的言語及家鄉味中，得到了紓解及平靜。

2

殼中有菜　殼菜就是淡菜

暑假帶著同學跳島旅行，無菜單料理餐點中，都少不了這道菜。桌上淡菜的數量是分配好的約一人一顆，跟同學介紹島上這特別的海產，有人覺得美味；有人覺得試試味道，吃過就好。

過去我們是如何吃淡菜呢？用大鍋裝！用水桶裝！你相信嗎？對於海鮮海產一向沒有熱情的我，突然，想圍坐大盆大鍋，好好吃一回淡菜的衝動，於是經過南竿大島時，上市場購買帶回蒸煮，想要好好享受及回味一下兒時記憶，發現味蕾的感受是回不到從前了。現在吃的淡菜幾乎全是養殖的，而吃過野生的淡菜，你就能分辨不同了。而我，想吃的也只是兒時記憶。

靠海吃海，居住小島，過去我們常常自豪地說：「我家冰箱在海邊。」海中的魚蝦，海邊的紫菜、貝類，想吃的都可以去捕撈及採集。大自然大方寬容地分享所擁有的。

但現在呢？據報導：「全球因海洋資源浩劫，二〇一四年後，養殖漁業供給人類直接食用數量已超過捕撈漁業，且持續快速生長。而不論我國或全球，養殖漁業多半供應內銷，是地產地銷的重要海鮮來源。」

淡菜是紫貽貝，我們稱它「殼菜」，「殼菜，以殼中有菜也。」有補腎益陽功效，《本草綱目》一書中將此命名爲「東海夫人」，島民都不難意會爲何叫東海夫人，《海錯圖》裡的記載：「淡菜……肉狀類婦人隱物，且有茸毛，故號海夫人。」那茸毛就是足絲，足絲腺中分泌出來的一種弱酸性的蛋白質凝膠，主要是淡菜固定自己的一種方式，可以固定在岩石、金屬、繩子或者其他的淡菜上面。幾次的科展研究，也證明足絲有過濾水中雜質功能，同時具備優異的吸附重金屬能力，將使環境可逐漸恢復最初的潔淨，達到減少海洋汙染的期望。

過去在小島上，端午節前後便開始到海邊採集貝類，討海人在休漁期，也加入潮間帶採集貝類的工作，在中、低潮線的淡菜、佛手、岩螺等都是大海的禮物，尤其淡菜，每一次都有幾個麻袋的收成。依爸採集來的淡菜先大小分類，他坐在廚房一隅的板凳上，把如巴掌長度的淡菜，置於木板上，用薄刀剖開兩瓣殼，切斷緊黏的閉殼肌，利用淡菜爲活體，身體黏於殼上特性，便能從中切開貝肉。依媽再用小刀將肉及黏殼的干貝（閉殼肌）挖出，攤開的貝肉體形如蝴蝶，趁著新鮮，丟入滾開的湯麵中，載浮載沉的蝴蝶豐美了湯頭，便成了一碗最鮮美的「殼菜海味湯麵」。

依媽將貝肉攤開曬在竹篩上，猶如一隻隻打開翅膀的蝴蝶，大家又稱它爲蝴蝶乾。記得，總會有幾隻綠色的蒼蠅母，繞著竹篩裡的蝴蝶乾飛來飛去。蝴蝶乾是早期沒有冷藏設備時，保存食物的方法，現在大家爲了食品安全，且製作又費時費工，幾乎不再曬蝴蝶乾了。

用水蒸煮淡菜，是記憶中唯一的料理，依爸從海邊提貨回來，洗淨，放入大鍋，蓋上鍋蓋蒸煮，水開幾次後熄火，燜鍋一下再打開鍋蓋，兩瓣殼便打開，露出肉質肥厚的貝肉，這時一家人圍坐一大鍋淡菜，這通常不是下飯的菜，而是邊吃邊聊享受零食般單純的味道，吃夠了，就開始將貝肉剝出做爲下次料理的材料。野生的淡菜，干貝（閉殼肌）黏殼較緊，必須用力撥開淡菜兩瓣殼，當撥完幾桶的淡菜，兩隻手的大拇哥便有深刻壓痕並紅腫，依媽常叮嚀說：「要帶著干貝（閉殼肌），殼菜才有料（提升質量之意）。」所以，將其中一瓣殼的頂端去剷下另一片黏殼干貝，整顆貝肉才會與殼分離。

過去，大海有取之不盡的海味，如今，海正慢慢枯竭中，大海提供的野生海味，就要過了最佳賞味期了。人類智慧的養殖，取代了大部分的野生海味。

期待我們與海洋能彼此溫柔友善對待，並能以感恩恭敬的心來相待。

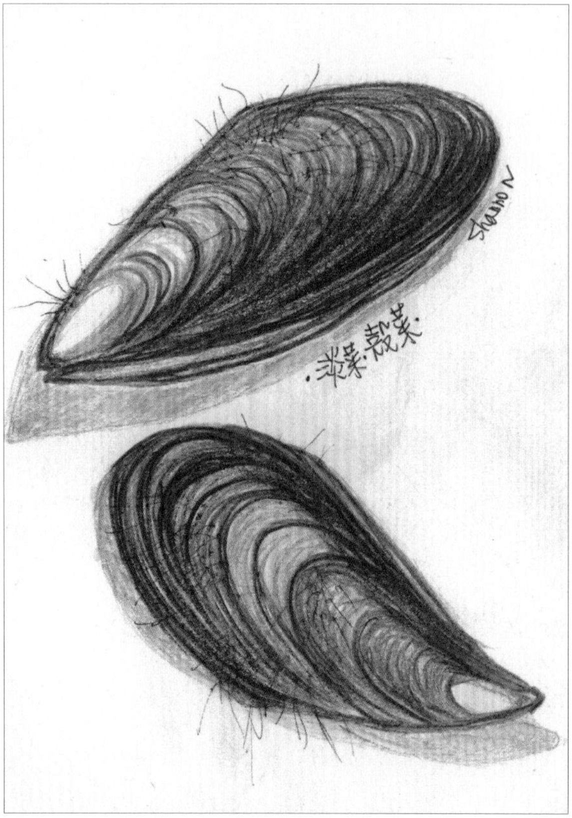

陳翠玲手繪淡菜

煮熟的淡菜，一邊閉殼肌分離，便開張露出貝肉，令人食指大動

3 粽葉飄香在瘟疫蔓延時

新冠肺炎在辛丑年「立夏」悄悄擴散蔓延，這一次來得更兇猛，不到節氣「小滿」時，疫情便打亂了小島的日常，人們腳步紊亂，停課、不聚眾、船班飛機取消，島上的戰地精神標語「同島一命」，在這波疫情中有了新註解，從「軍民一家」齊心協力抵抗外敵，變成了「同島一命」的對抗瘟疫。

端午節將至，正如《海街日記》電影中幸姐說的：「忙碌才能好好地活著。」小島上的婆婆媽媽，雖在疫情的陰霾下也體認到，要忙碌才能好好地活著，紛紛在端節前夕包起了粽子，走在街上仍能聞到粽葉香及米香，有時從街口窺覷門前掛著一串串剛包好的粽子，心裡讚嘆著：小島上的鹼粽造型可真美！

鹼粽的材料是圓糯米，加上一些食用鹼，鹼放得多，糯米顏色呈更深的黃褐色。童年時，依媽在端午節前後，會包幾次的粽子，這期間總是粽子當飯吃，小島上沒有粽葉，得來不易或是節約，每次總是小心翼翼的剝開粽葉，再將粽葉泡在裝水的大盆子裡，曬乾後留著下次包粽子時用，小島鹼粽造型

甜筒造型的鹼粽

像是甜筒，比一般肉粽造型包法更難拿捏，依媽包粽子的技巧是島上有名的，每年端午節，她便無償的出場到處包粽子，包完親朋好友的，再到軍中部隊裡包。端午節那段時間，依媽老不在家，老家櫥櫃的釘鉤上，掛著無數串，每串十粒的鹼粽，不用熱直接吃，我們用一隻筷子插到粽子裡方便拿著，去除粽葉，鹼粽扎實、口感Q，沾著白糖吃，便是我們小孩的午餐及晚餐了。

依媽包粽子就像她做事一樣，總是要求完美，總是全力以赴。

先在木門邊框上釘一個釘子，吊一條細繩，將兩片粽葉的頭對尾，尾對頭，再捲成圓筒狀，直立插入一隻筷子，然後舀米入粽葉筒裡，拿起筷子上下快速抽動，希望米粒可以更緊實，用雙手的拇指向下壓褶粽葉，再向左邊對折，剪去多餘的葉子，最不簡單是將包好的粽子綁上繩子，慣用手操縱的繩子，另一隻手拿的粽子，綁上繩子時，盡力使每顆粽子有完美的腰身。爲了呈現一顆顆、一

蘸一點白糖最對味

串串的完美造型，便使力的拉粽繩，每一年依媽右手尾指的第二節，總是被粽繩拉出了皮破出血，如此正襟危坐的粽子一串十顆，在滾鍋中從不破葉及脫線，這也是她堅持的人生，到現在過生活仍一刻也不鬆懈，輕鬆自在離得好遠，爲此，我總不捨。

上星期接到叔的來電，電話中叔說：「粽子包好了，嬸要拿去給妳。妳走一半路，嬸走一半的路喔。」我撐著傘一路往叔家的方向衝去，就怕嬸多走了我的一半路，我登上社區的臺階，看到嬸手中提著袋子，從門內閃出，一向急的她，走起路來總是小跑步，從不見她悠閒散步，也不帶傘的她見到我，更急著說：「造型比較尖的粽子裡，多放了花生，是妳愛吃的！但熱量很高，妳一天只能吃一顆喔。」呼嚕說完所有她要說的，便催著我快回去，她轉身要往回走時，我瞥見嬸的側影，什麼時候？嬸的背駝了。提著嬸包的鹼粽，走在小雨裡，想著嬸佝僂的身影，憶起在母親節那天，她叫著我小名說：「阿麗！你們這些孩子一定都要平安健康的，要送我跟叔最後一程呀。」我想嬸

用筷子快速上下抽動米粒，粽子吃起來更扎實有嚼勁

是被他們得病的寶貝孫給嚇壞了，對於兩老所受的苦，心裡不捨。

米香、粽葉飄香在瘟疫蔓延的時節，我們總是得要有些忙碌，才能好好過日子啊，不是嗎？電影《海街日記》中幸姐跟久別的媽媽說，釀完了梅酒，才會覺得：啊！夏天來了。

而在小島吃了粽子，夏天就來了。

更期待的是吃完粽子，疫情就過了呀。

4

糟魚遁世了

初擔任教職的前幾年，有一個現職教師到福州的師範大學學習母語的機會，知道了這個機會，便說很想也去學習，老長官便推派我赴福州，學習了國小階段十二冊的福州語教學教材，從學到教，再從教到學，也將母語用在教學及寫作上，感謝當初的基礎學習。老長官在小島擔任校長一職十四年，積極活躍，海派老練的形象下，卻又不失老派的溫暖與周到。

年度縣運會到南竿，老長官邀請老同事聚餐。席上盡是馬祖傳統又古味十足的料理，那些常民食物照理說上不了大餐館，但在老闆的有心推廣與用心經營下，古早味成了一道道特色佳餚，不厭其煩爲馬祖飲食築起文化底蘊。

其中，糟魚最具代表性，這道久違的料理一上桌，便吸引了衆人的目光。鄰座一位姐姐說：「小時候，桌上若有這道菜，已經不作聲的吃了兩碗半的飯了。」我問她爲何說吃兩碗半的飯？而不說三碗飯？「因爲兩碗半是進行式，一種吃得停不下來的感覺。」她詮釋得眞妙。但現在非常養生的她卻一口也未嘗。

另外一對人人稱羨的夫妻，妻處處以夫爲貴，夫一看到糟魚裡的豆腐及三層肉，要了一碗白飯，筷子便停不下來，妻看了便怒目相斥，意思是不應該再吃這不健康的食物了。關心則亂，我懂得這突如其來的氣頭是代表著關心與提醒。我心裡想著這食物注定要消失了，拿起酒杯一飲而下，壓住風風火火的感覺，也憑弔著這從小就在餐桌出現的常民食物。

做糟魚，得要白力魚，現在偶爾也用花鯖母（鰮，似鯷魚大小），小島漁獲量的黃金時代，白力魚與黃魚都盛產於春季，黃魚金色魚體跟白力魚的銀色魚體，讓小島成爲了「金銀島」，黃魚的金價值（其實，應該說價格）當然遠超過白力魚的銀，白力魚產量多時，漁夫們在艚裡，將白力魚身體的魚肉片出，勾在有一公尺長線的魚鉤上，做爲放釣的餌。剩餘的頭及腹部，便由漁夫們自行取回，家中食指浩繁的家庭，餐桌上便有白力魚頭煮軍中酸菜罐頭，加幾片生薑去腥，一家人吃得津津有味，魚頭及魚肚的刺非常的多及複雜，而我們這些小孩也不曾聽聞有被魚刺鯁到的。

製作糟魚費時費工，將白力魚清肚不去鱗，從魚側面剖開不切斷，大隻的頭尾切三段，小隻的切兩段，將粗鹽抹在魚體剖開面，醃一天後，將鹽沖洗掉，風乾二、三天，同時將炊好的糯米飯沖冷水放涼，放入小缸內並和入白麴，在米飯中間挖一個小洞，發酵後的酒會流到洞裡，以方便觀察米飯是否出釀（發酵），米飯發酵成酒釀後，將酒糟塞入風乾後的鹹白力魚體，一層魚體一層酒糟，疊放入乾淨乾燥的陶缸或玻璃缸中，缸必須塞滿不留空隙，最後，放點薑跟蒜去腥，再倒入半瓶高粱酒，高粱酒能讓白力魚的魚骨頭酥化。封緊加蓋，放置半年以上，即可開缸食用了。

開缸後的糟魚，味道隨即飄出，是鹹魚味沒錯，但又有酒糟、香料、高粱的香味，對於味道喜惡絕對是主觀的，端看個人喜好。用乾淨不沾水的筷子夾出一塊，放在湯鍋裡，再舀些糟魚湯汁，切點五花肉及板豆腐放入後隔水蒸，糟魚料理的古早味，是小島上許多人的回憶，五花肉及豆腐吸飽了糟魚的精華，是配白飯吃得停不下來，涮嘴的好滋味。現在，我想吃的也只是「舌尖上的記憶」。

糟魚的「記憶」跟「美味」，正漸漸消失中，醃製食物對身體無益處，而

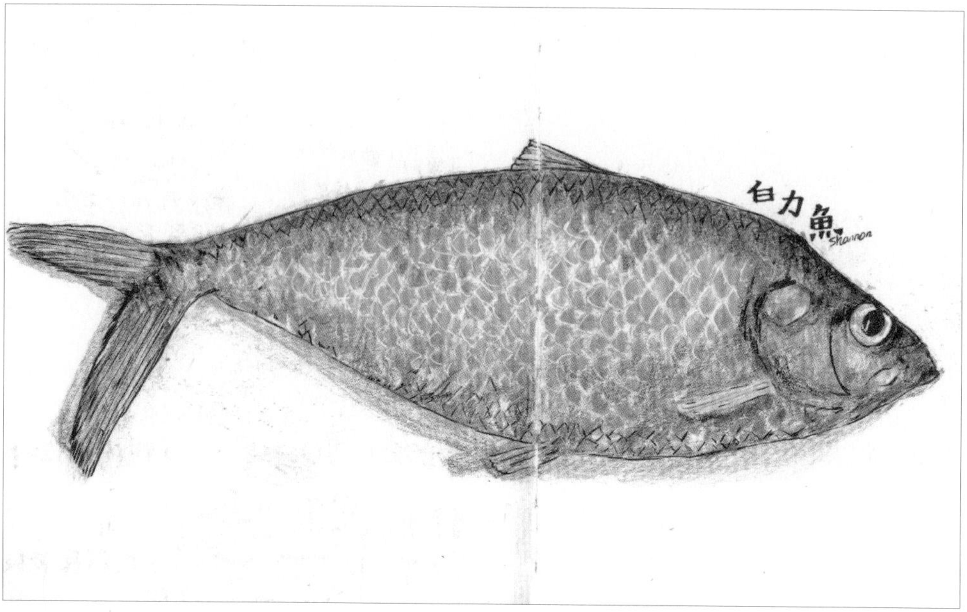

號稱「金銀島」上的「金」跟「銀」也因氣候變遷、海洋耗竭，正慢慢消失中，製作糟魚過程的天時人和，和這繁瑣的程序，讓這道料理的處境岌岌可危，這食物是遲早要消失的。

和老長官聚餐，感受到老長官老派溫暖作風及疼惜部屬之情，像徐徐微風，吹暖了心頭，或許某種情感及精神和食物一樣，是屬於某個時代，而留下的「記憶」絕對是有溫度的。

陳翠玲手繪白力魚

做糟魚
白力魚剖半清肚
不打鱗，
切2或3段
塩
塩抹入剖開面後闔上，
醃一天後，將塩沖洗掉
掛起來陰乾2~3天
米飯加白麴發酵後
酒糟塞入魚体中
糟魚裡加了五花肉，
板豆腐，蒸出了好味道！
加蓋封緊~
等半年以上「開缸」！
一層魚塊，
一層酒糟，
塞滿罐子
不留空間。
最後，放點蒜薑
去腥。
最最後，倒入半瓶
高粱酒。
Shannon 2020

陳翠玲手繪做糟魚

5

鄉愁最是紅糟雞

小島上用紅糟料理食物是日常，除了紅糟雞、紅糟炒飯、用紅糟蒸各類魚、炒殼菜、佛手……是習慣的味道。

明代李時珍的《本草綱目》紀載：「紅麴，主治消食活血，健脾燥胃。治赤白痢，下水穀。釀酒破血行藥勢，殺山嵐障氣，治打撲傷損，治女性血氣痛及產後惡血不盡」。《本草綱目》這段文字中記載說明了吃紅糟對身體的益處，尤其是女性，近年來經科學研究確認營養價值，更提升了此價值。

不諳料理的我，煮紅糟雞就有點自信了，自信來自一次小叔跟小嬸說：「嫂嫂煮的紅糟雞，是地道的家鄉味。」依媽的四個女兒裡，被分成很會料理跟不會料理的兩國，而我是被歸類成不會煮菜的那一國。我煮紅糟雞的自信也來自依媽釀老酒的紅糟是頂級的，所以，廚藝再怎麼不好，仍因爲食材完美，而差不到哪裡去！

煮紅糟雞，我會學依媽將老薑切得細細碎的，在油鍋裡爆得焦黑，放入紅糟炒香一下，再放入汆燙過的雞肉塊，與紅糟拌勻再倒入半瓶依媽自釀的老酒，中火燜煮，翻炒再燜，倒入清水後再放入發好的香菇、木耳、金針及剝殼的水煮蛋，水煮蛋被紅糟染得紅紅的，我們稱它「太平蛋」，吃了「太平蛋」萬事太平，平安順遂！在更早些時候，依媽自己養土雞，肉質鮮美更不在話下了！過節、祭祖、宴客，這道紅糟雞必備菜餚，這味不只是傳承、也是家的味道。

專科時在臺灣南部求學，一學期只能回到小島一趟，剛到南部的第一學期，總覺得日子難熬，學業及生活差距是如此的大，於是思鄉之情更甚！記得，第一學期結束後到臺北依哥家等船回小島，遷居臺北的依泰嫂，是鄰居也是依媽好友，邀我跟依哥到她家吃飯，桌上就有一鍋紅糟雞，湯上浮著木耳、金針、還有太平蛋，熱情的依泰嫂舀了一碗送到我面前，當我端起碗喝了口湯，溫熱的湯和著紅糟的香氣經過喉頭先是暖了胃，再動了心，這暖流又回流鼻頭、眼睛，於是逼出了鄉愁。

說起紅糟，那是釀老酒重要的副產物，依媽釀老酒的節氣是「立冬」，小島的天氣冷得快，所以，到了「霜降」，婆婆媽媽們個個摩拳擦掌想要釀這一季的紅，酒釀的好，甘醇香甜紅糟便也好。

依媽要釀老酒的前一晚，先將圓糯米浸水一晚，清晨，我們在米香四溢中醒來，依媽早在天未亮就在炊糯米了，也一定會給我們留一大球糯米飯，加點肉鬆，捏成飯糰便是早餐了！這時糯米飯攤在竹篩上晾涼，還不時冒著白煙散熱，常常是要經過半天時間，待米飯完全涼了，依媽取出一顆白麴，先將它碾碎，均勻和在米飯中，接著用冷開水泡紅麴米，米飯加等量的紅麴水，一起放入缸裡並攪拌均勻，等四十天後，酒釀好了，紅糟加點鹽便裝罐保存，依媽手巧又俐落，每一年釀的酒口感多層次，香甜順口，紅糟便也是極品。

女人坐月子，傳統裡是調養身體最重要的時刻，月子補品中紅糟料理是必備，我兩次的坐月子因各種因素，沒能好好享受「紅糟雞」，這食物是小島坐月子婦女最基本的補品，而對此缺席的食物，我常常有種不滿足，在小島的餐廳裡，最想打包的食物就是紅糟雞，其實，最後多半還是倒進廚餘桶，即使時間過了許久，但心裡的不滿足，就會在一個念頭中閃出而做了決定。

陳翠玲手繪紅糟雞

立冬來了，進補當然少不了紅糟雞，請來依媽掌廚，把所有的料備齊，爆香薑末，依序放入食材，煮一鍋紅糟雞，先喝一口湯，湯裡有不同層次的香味，先是薑味，接著酒甜，一口木耳、一口香菇、一口金針，再吃一顆太平蛋，蛋裡有肉香、酒香，這美味不只滿足了胃，也滿足了心靈。

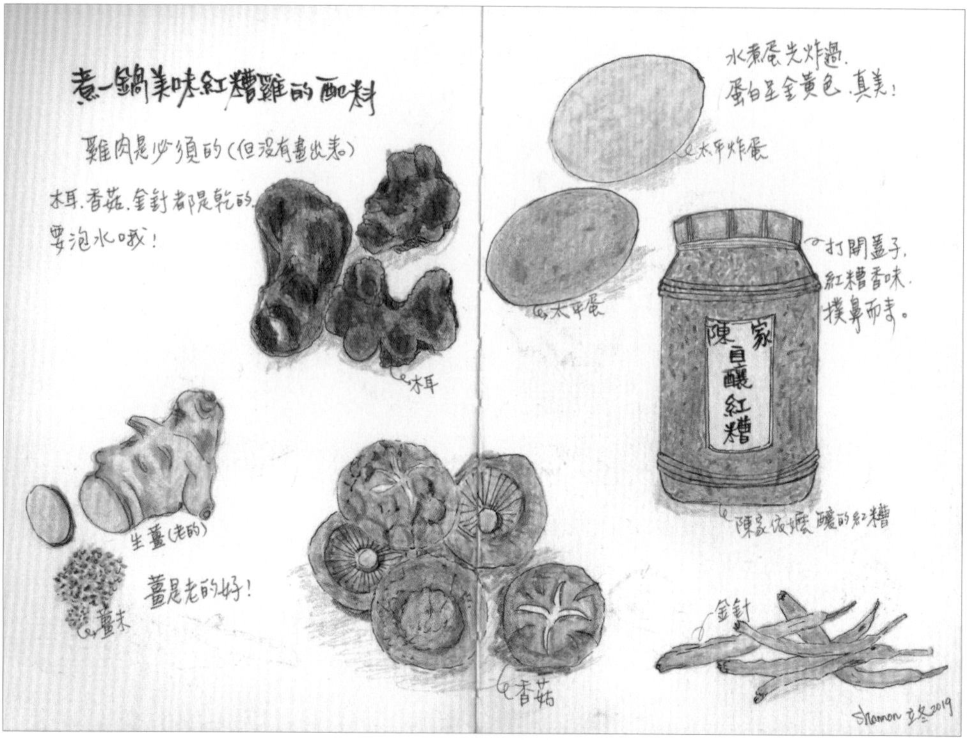
煮一鍋美味紅糟雞的配料
雞肉是必須的（但沒有畫出來）
木耳.香菇.金針都是乾的，
要泡水哦！
木耳
生薑（老的）
薑是老的好！
薑末
香菇
水煮蛋先炸過.
蛋白呈金黃色.真美！
太平炸蛋
太平蛋
打開蓋子，
紅糟香味.
撲鼻而來。
陳家
自釀
紅糟
陳家依嬤釀的紅糟
金針
Shannon 立冬 2019

陳翠玲手繪紅糟雞材料

6≫ 雜魚鹹味與米醋酸味

在「中路」千人走、萬人踏的榮景時代，有兩家「醋」店和一家「鹹」店。

「魚露」這琥珀色的沾醬，饕客視爲人間美味極品，當時我並不知道它就是「鹹」（福州語，音ㄍㄟˋㄥ，keing），一次我聞了魚露的味道，便說這是「鹹」吧！

中路靠白馬尊王廟這頭的樂華村四號，在象徵大門的ㄇ字水泥框後有著一排倒扣的陶缸，下面的矮牆綿長十數公尺，矮牆的盡頭是大依姑家，門牌樂華村五號。現在的矮牆，畫上小島特有植物紅藍石蒜，橘色的底配上紅跟藍的顏色好不艷麗，對我來說，中路的滄桑是一種美，淡妝濃抹也總相宜。

樂華村四號陶缸的故事，已許久沒被人們提起，時光倒流，回到最初最繁華的「中路」。

高頭大馬的「嫩弟母」伯，站在門邊等著出海「圍津」的討海人回來，討海人兩兩肩扛竹筒共擔一簍魚貨，酷夏加上疲累，拾階而上時，黝黑的臉龐抿嘴靜默，「嫩弟母」伯便隨著他們走到魚寮，等討海人將有經濟價值的魚挑起，剩下的小魚小蝦「嫩弟母」伯便撿回，雜魚中最多的是「浪碰」，也有一些小蝦、小卷等雜魚。拿回家的下雜魚，先均勻撒在屋頂平臺脫水，接著在屋前準備製作成「鹹」。「嫩弟母」伯拿著勺子，勺子是用軟鐵板圈成笠狀再固定木柄，俐落地將雜魚鏟入陶缸裡，在鏟入等比的粗鹽，不斷的攪拌均勻，等裝滿了缸，便蓋上一層麻布，麻布上放著一塊木板，木板上壓一塊石頭，將在烈日下曝曬一整個夏天，等魚體全部「融化」（福州語，音ㄩㄢˋㄛ）發酵完全。

在曝曬的幾個月裡，「嫩弟母」伯會拿一支有一個長木柄底下固定小木板的器具，一雙大手抓著長木柄不斷的將下雜魚往下攪和翻動，整個夏天不停地攪動，每次掀開麻布袋時，陶缸的表面有一層結晶，魚蝦的臭腥味便漫過整條街，但他連眉頭也不皺一下，對他來說這味道是熟悉的、安全的。

一個夏天過去了，雜魚完全發酵的便要進入「做鹹」的另一個階段——「熬煮」，發酵不完全的等待第二個夏天或許第三個夏天再繼續曝曬。「嫩弟母」伯將缸裡已經「ㄩㄢˋㄛ」的液體，放入大鍋內熬煮，他坐在灶邊，不時往灶口丟柴，又不時站起來拿著鍋鏟攪動，等待煮開、冷卻，便要「ㄉㄧㄥ清」（過濾），他用做豆腐的胚布過濾，胚布四角用繩子束著吊掛，再用勺子舀起混有雜質的「鹹」，倒在布裡，滴下琥珀色的瓊漿玉露便是「鹹」。

「嫩弟母」伯將「鹹」裝在長嘴壺裡，倒入洗乾淨的玻璃瓶裡，蓋上塑膠瓶蓋，紅色的塑膠模套入，在火上ㄉㄚㄉㄚ一下，便封緊了。「嫩弟母」伯做「鹹」做出了名號，我依媽說，幾次蔣經國先生來小島避壽，離開時，便帶上幾打的「鹹」，我問：「要付錢嗎？」依媽說：「當然要！」哈哈！但不知是誰付的錢？

中路樂華村十號是醋店，是同學華偉的家，華偉的依爸，大家叫他「依耳」，是因爲他的耳朵旁長了附耳，多一個小天線，依耳叔個子不高，寡言木訥，釀醋時注重「肩角」，總是低頭神情專注，堅持每個步驟及細節。一家人除了釀醋，也開雜貨舖，開門必須的醋不用說，米、油、鹽、醬也樣樣都賣。

在每一年初夏時，依耳叔將在來米泡水一天一夜後，放入大木桶炊熟，再將炊熟的米飯倒在大竹編盤上時，當蒸氣從米飯裡竄出，蒸氣、香氣瀰漫屋裡久久不散，米飯晾至常溫，裝入甕，至三分之二滿後，依耳叔大手掌抓住甕口一扣，甕便「平躺」，並將兩兩甕口相對，空氣可以流動及與米飯接觸面變大，好讓米飯長菌。菌若是白色的好菌，甕裡溫度會漸漸升高，陶甕上蓋麻布袋保溫，依耳叔不時手摸著陶甕，陶甕若摸起來溫溫的，心也就暖了，臉上的線條也自然柔和起來。

經過了七、八天，便將甕裡發酵的米飯倒入陶缸裡，加上兩倍的井水進行第二次發酵，我的華偉同學是家中的武將，在依耳叔做醋的季節，華偉總是忙著挑水，下了課，便飛快地用扁擔挑起兩個空桶，到鑼鈸角水井打水、挑水，一口氣從鑼鈸角飛走到家裡，爲了搶速度，減少桶裡的水濺出，就順手摘了水井旁的苧蔴葉片放在水面，平衡水位。

缸裡的米飯和井水，經過了一季的翻攪及守候，秋天來時醋便釀成了。接著是要過濾，依耳叔將陶缸裡的醋釀及醋，倒進長條狀的胚布袋，他蔴利地將東口袋扭轉，順勢放入木製的過濾機裡固定，並俐落地將每三袋一排，每排壓上竹編片，重複四排後，最上層壓一塊木板，並組裝一個長柄通過支點、施力點，利用槓桿原理，在木柄上掛上蔴繩綑綁的石頭，將醋液逼出濾袋收集在大盆子裡，依耳叔不時查看醋流出的量，流量少時，便再加掛一塊石頭。製醋的最後階段，是將醋熬煮後裝瓶。

依耳叔釀醋的技藝，是傳承一位祖籍浙江的反共救國軍，他將家鄉釀醋的技藝帶來小島，而這傳承便是歲歲年年，一代一代傳承的「莒光米醋」現在仍是進行式，而「莒光」二字，有著「毋忘在莒」的歷史意義。

中路上，依著時間及季節，充滿著不同的味道，「鹹」跟「醋」的味道，穿越時空歸納著記憶。

在小島上，烹食清燉豬腳習慣沾「鹹」，魚丸湯要加「醋」才對味，島民對「鹹」跟「醋」的鍾愛，可以從烹食中可見一斑，出外的遊子眷戀的家鄉味，我想也只是爲了記憶中不可忘卻的親情、童年與故鄉。

人世的滄海桑田，聚散離合，記憶中交織出時代的光影，歲月落在長街的角落，默默無聲卻又如此雋永。

7》

兩千元花菜

花菜就是花椰菜，是花也是菜。

小島入秋季溫度很低，種的白蘿蔔、高麗菜、大白菜，花菜都特別的脆甜好吃。

花菜從播種到採收時間很長，大概要經過二至三個月，農曆過年是花菜盛產期，傳統年菜中少不了這一道「螃蟹花菜炒年糕」，螃蟹鮮味到了花菜及年糕，特別鮮美。我家那口子，很喜歡吃花菜，我的廚藝沒法澎湃料理，只是負責把菜煮熟，但我喜歡用小刀把一大朵花菜分成很多很多朵小花菜，套一句學生很愛說的：「這很療癒！」

花菜素炒料理是日常，幾顆蒜頭、少油或無油加水燜煮，熟了就上桌，外子吃得津津有味，很能享受食物的原形原味。只有一、兩次說：「妳菜煮成這樣，我也吃那麼飽。」

每到元宵節，安靜的小島就熱鬧沸騰起來，「擺暝」遶境結束後，社友齊聚「食福」。社友中大多是年長的小農，餐會桌上也有一道「螃蟹花菜炒年糕」佐著東湧陳高，大家相談甚歡、氣氛熱烈。席中，有一位老農說：「我今年種的花菜都賣不出去，商家及餐廳都從臺灣進口。」我家那口子聽了就急著說：「我最愛吃花菜了，採幾顆花菜賣我吧。」

第二天早上，外子接到電話，說花菜送到一樓了，他急忙想下樓，並掏出兩張千元大鈔，對著我說：「這應該夠吧？」我說：「你不是買花菜嗎？要這麼多？」不一會兒，他扛著一大麻袋的花菜上三樓，我說：「你跟老農訂這麼多花菜？」他說：「我只是說採幾顆賣我。」我又問：「那這一大袋是多少錢？」他說：「剛好二千。」哇！「這麼多，你也買下來？」他說：「人家都送來了。」也是。

我數了一下，一共有二十一顆花菜，每一顆花菜都比我的臉還大。心想：如何吃得了！「這兩顆拿去給依媽吃、這兩顆送仙妹、這兩顆送玉妹、那兩顆送小璇子……我們自己還剩五顆。」還一邊分配一邊念起他常常說的：「種菜的人最辛苦了，從播種到採收，要忍受多少日曬雨淋！」

收到花菜的親友，大家都問：「今年你也種花菜喔！」他一律笑笑不回答！

市場裡，那個我常光顧的小農菜攤，賣著自己種的蔬果，每一樣蔬果都是少少的數量，他矮小黝黑，戴著一頂褪色的鴨舌帽，雙臂粗短厚實，有一次，當我將一枚五十硬幣放在他手掌時，竟聽到一聲「喀！」的聲音，我回神看他掌心一眼，發現他的掌心佈滿厚繭。

小島上不曾見過有人種青色的花菜，青花菜近十年走紅，因為發現它的營養價值高於其他蔬菜，市場裡也全年都買得到青花菜。

最早認識青花菜是在嘉農求學時期，專四的寒假，全班去臺南農友種苗公司的農場實習，應該是去了三個星期，每週工作六天，都做同一件事，就是幫青花菜的花朵異花授粉，這樣的人工授粉可以大大提高果莢種子量。十字花科的青花菜，花黃四瓣、總狀花序，可以想像一棵青花菜有多少朵小花。

那時，我們每個人搬一張只有一支椅腳的板凳，椅腳裝在椅面中央，底部尖尖的，方便插入土中固定，而手裡拿著一支鑷子，夾下一支雄蕊，將花粉往其他朵花的柱頭蹭蹭，讓花粉留在有黏液的柱頭上幫助受精。吃飯時，桌上也一定有一盤青花菜，青花菜的臭青味混著懵懂的年紀，夜晚時睡在大通舖的木地板上，一個人的位置比單人蓆子還要小，睡覺時眞不敢翻身，怕一翻身就翻到旁邊同學身上去了。

現在吃青花菜時，仍記得在南臺灣種苗農場的經歷，曲著身體、頂著陽光、吹著冬日的風，眼前一大片的菜花，手不停重複的動作。那是我跟青花菜最初邂逅的時光，如今吃它，所有的青澀滋味也都成了歲月的美味。

另一種花菜，它是紫色的，紫色花菜是近五、六年才研發成功的品種，報導指出研究團隊是歷經三十四年選拔馴化才培育成功的。

當發現農友種苗公司有販賣紫色花菜種子時，就買來種。從此，一到播種期，便記得去郵購種子，我家後院我叫它「夢想莊園」，這些年的冬天「夢想莊園」必有它的芳蹤。當紫色花菜成熟可以採收時，眞是賞心悅目，像是一朵朵紫色的花盛開著。

第一次煮紫色花菜，掀起鍋蓋，還眞嚇了一跳，鍋裡的水像極了紫色藥水，要吃它覺得很有障礙，後來發現吃起來脆脆的，讓你一口接一口，比起其他顏色的花菜，口感更細膩爽口，分送親友也都深受好評。

「夢想莊園」裡的紫色花菜今年仍會來報到，莊園的主人也懷抱著許多植物生態夢，總想能播下希望種子，長成夢想的樣子。

花菜的滋味在咀嚼後耐人尋味：兩千元花菜的溫暖敦厚，有青花菜的青澀歲月，視覺味覺兼具的紫花菜，這也是我的人生況味吧。

8 ≫ 小島冬日的鮮滋海味

小島嚴冬溫度驟降，從海上吹來的風寒冷跋扈，讓安靜的島更安靜了。天寒地凍的時節，似乎只有在碼頭才能感受到比其他地方多一點的喧嘩與人氣。冬季，是小島的漁汛期，漁船早出晚歸，卯力在海上淘金，並享受大海的美味禮物。

烏魚、鮸魚、鰻魚、白力魚、鯽魚等魚類，是這個時節最常見的漁獲。走在巷弄間不時得穿過曬魚乾的竹竿，當不自覺低頭時，一陣腥香竄入鼻息，再抬頭彷彿可欣賞魚乾與海天形成的好景窗，寒風吹得魚體肉質緊實硬堅起來，不論一夜干或是數日干，都能成就好味道。

一夜干乾煎後，擠點院子裡的小柑橘，去腥又提味。數日干的鰻魚、鯽魚肉經過寒風冬陽洗禮後，緊縮乾燥成一片名副其實的魚干，料理前剪成小塊泡水，加蒜、辣椒、醬油大火炒，起鍋時倒點小島釀的高粱，是絕佳下酒菜，也常常因爲天冷、因爲這道菜，而多喝了幾杯。

冬日是吃鮸魚的好季節，「有錢吃鮸，沒錢免吃」，小島的人覺得花點銀子買鮸魚來吃，是值得的事。新鮮鮸魚，只要簡單料理，便讓人吃得停不下來，高溫入鍋大火快速蒸煮，鎖住鮮甜，好魚的首選理當用清蒸料理。

每年到了這個時節，上岸的鮸魚成為依媽跟弟媳的好食材，她倆總是躲在廚房裡，用鮸魚做起魚麵及魚餃，鮸魚魚麵的製作是將魚肉碾碎後加太白粉及適量的鹽揉成麵糰，再擀成餅皮，在鍋裡乾煎成硬麵皮，稍涼後便可切成麵條，這就是魚麵了；鮸魚的鮮味和成的麵條，耐煮有嚼勁，讓人吃了特別滿足。

而魚餃是將魚漿麵團擀成像餃子皮大小，內餡是講究的部分，依媽習慣將鮸魚魚皮切碎泡過薑汁去腥，再加上絞肉蔥末或芹末調成內餡，用魚肉皮包餡，包好的魚餃在盤中擺放整齊，像一顆顆飽滿待放的花蕾，好看極了。再放入蒸鍋裡蒸熟，每一口魚餃都有魚及薑的氣味，鮮而不腥。這繁瑣的製作過程，是守著家鄉好味道的一對婆媳過年前的日常。

魚乾（上）鮸魚魚丸（下）

鮸魚魚丸當然也是過年前，一定得要準備的。小島上最體面的「面前」（ㄇㄧㄥ ㄋㄟㄣ，ming neing，指伴手禮），一定會是野生鮸魚魚丸。鮸魚捕撈上岸時魚體呈銀白色，刮鱗去肚後，用菜刀將魚體上下部位魚肉片出，再用鐵湯匙刮出魚肉，放入絞肉機中碾碎，加約魚肉比例三比一的太白粉及二比一的水，或打兩顆雞蛋、或加香蔥，當然也會依照個人喜好軟硬口味增減水

包魚餃

切魚麵

量，再用攪拌器混合均勻，或撒些香蔥，並讓魚肉有個Q度後，用手抓起魚漿從手掌虎口擠出一顆顆圓丸子，丟入正要加熱的鍋水中。等水開了一顆顆魚丸浮出水面，在冒泡的湯水中翻滾，伴隨著熱氣，魚香瀰漫整個屋子，讓人想即刻拿起碗筷，裝一碗剛出爐的魚丸湯，撒些芹菜末，魚丸的香Q配著湯，可以唏哩呼嚕吃它一大碗。

依媽打的魚丸非常有彈性，鄉長叔叔在世時，每吃一次總要讚美一次，喜歡打桌球的他，一次將魚丸當成乒乓球，握在手心往餐桌桌面用力丟下又接起，再往牆面丟去又彈回手中。每次，他總是將依媽打的魚丸臻品當成乒乓球的事，說給不同的人聽，都惹得大家哈哈大笑。鮸魚魚丸是大海珍貴的「面前」，在年節期間，寄往臺灣本島宅配物品中可是排行第一名的食物呢！

安靜的小島，依媽在老家新厝的廚房裡，有一扇大窗戶面海，到了傍晚不時往窗戶探頭，不是在欣賞海景，而是看漁船歸航是否有漁貨賣，要為臺灣和小島的子女，準備各式魚料理食材，她總是身體勞動不停歇，鍋爐忙碌烹小鮮，忙著將大海裡的好鮮味端上桌。

9

加了桂圓的麻油雞

從小在小島長大，沒吃過麻油雞，尤其是加了桂圓的麻油雞。

依媽養的土雞，常煮成補身體最好的料理——紅糟雞，我第一次吃麻油雞是生兒子坐月子時。

兒子生日在冬季，遙想，那年在臺北待產，訂了月子中心也付了訂金，準備生產完便去月子中心，但事與願違，兒子一出生，醫生便告知兒子的腳掌內翻，醫學上稱爲鋤頭型足，還亮了一下兒子的腳給我看，我躺在手術臺上，看著他皺巴巴皮膚的腿上有著變形的腳掌，惶惶然不知所措，這初爲人母的我，都還來不及高興就跌入黑暗深淵。

在餵奶室裡，我打開包著兒子的布包，摸著他那隻內翻的腳掌，淚水一下子噴流而出，同在餵奶室裡的媽媽們，看到我激動的神情，也感同身受地流下了淚水，靜默之中，有位新生兒媽媽遞來衛生紙，像是叫我要擦乾眼淚。

於是，沒有了月子中心，也沒有了生子的喜悅。

出院那天早上，我的大嫂陪著我走醫院長長的走廊，叫著我的小名說：「阿麗，別擔心！現在醫學這麼進步，而且大姐又可以幫忙。」長廊的盡頭是一片落地窗，我看到了冬日的陽光照射進來，光影灑落腳邊，窗外大樹樹梢的葉子，正因為有光而熠熠生輝。

我們母子倆住進了大姐家，身為護理師的大姐，抱著才滿一周的兒子，進出醫院矯正腳掌，他小小的腳丫，綁上了重重的石膏，將腳掌整個搬回應該在的位置，此後，每一星期固定腳掌的石膏，更換了的不同角度，硬是把腳踝的筋骨拉鬆。兒子因為疼痛，便日日夜夜哭鬧著，我也只能束手無策的跟著掉淚。

我的月子餐是由大姐的婆婆幫我張羅，其實我不記得自己有坐月子，但我記得她老人家有雙熱切的眼睛，看著我和兒子時，有許多的憐憫及不捨。大姐的婆婆是嘉義人，親切樸實，胖胖的總是輕聲細語說著我很難聽懂的臺語，她煮的麻油雞裡加了許多的桂圓肉，鹹鹹甜甜的又飄著麻油及酒香，是

陳翠玲手繪麻油雞

我那些日子裡唯一美好的回憶。

幾年過去，從遠嫁小島的集集媳婦口中得知，臺灣南部人的麻油雞料理是會加桂圓肉的；擅於料理的她或許也思念家鄉的味道，那一天，煮了加了桂圓的麻油雞請我吃，便重新喚起了我味蕾的記憶。

美食作家韓良憶〈在冬日的臺北，有麻油雞〉中寫道，她喜歡傳統道地的麻油雞，料理中是不加桂圓肉的，但我到現在仍喜歡加了桂圓的滋味。

冬日，難得清閒，煮起了麻油雞，對於料理美食知識貧乏及沒有熱情的我，所謂的料理充其量只是將食材煮熟罷了。所以，就這樣不稔料理的我，總是不管食材下鍋的順序及火候，只要有薑、雞肉、麻油、米酒、桂圓肉就是美味的麻油雞了。

兒子的腳經過幾年矯正及手術，一切的苦跟難都過去了。而加了桂圓的麻油雞，也正如法國印象派藝術巨匠雷諾瓦名言：「苦痛會過去，美會留下。」這湯裡鹹帶甜的滋味，就是冬日裡在舌尖漫開的美。

10 因烏魚子而得名

許久以前，小島有「黃金島」之稱，每年春季黃魚洄游島嶼附近產卵，來自馬祖各島的討海人便進駐小島捕黃魚，一住便是兩、三個月。黃澄澄的魚如黃金般的價值餵養著島民，後來，由於過度撈捕，漁業逐年蕭條，那時代的傳奇已成絕響，只留下了故事。

昔年的小島，黃魚、鮸魚、石斑魚、石鯛等魚類是餐桌上的「家常便菜」，對於肉質鬆軟、腥味重的烏魚，根本是興趣缺缺。然而，隨著海裡的魚越來越少、魚價越來越貴，島民已無法視而不見烏魚的存在了，除了跟隨臺灣本島市場需求，也開始加工製作烏魚子，擷取其精華，並在標榜野生的廣告行銷下，讓過去少有人聞問的次級漁獲，瞬間鍍了金。

每年的冬季，烏魚會隨著潮流，從北方向南洄游至較溫暖的海域產卵，約在冬至前後十天，會經過小島海域再到達臺灣西南部海域產卵後，再逆流洄游至大陸沿岸。

島上資深討海人張三哥說，此時烏魚最肥美，油質多，產卵前的烏魚因爲需要繁衍後代，會攝取較多的營養，這時候的肉質最爲肥美，一隻烏魚殼（卵已被取走）只是銅板價，買一尾來煮米粉，米粉湯上浮著一層黃油，再丟幾顆當季的鮸魚手工魚丸，吃得滿嘴盡是鮮味。討海人有句閩東語俗諺

口感佳的烏魚膘（陳其敏／攝）

已取出卵囊的烏魚殼（陳其敏／攝）

「春鱸冬鯢十二月ㄊㄧˋㄢ（烏魚）」，烏魚滋味最鮮可是有季節限定的呢。

在臺灣生活工作了二十餘年小林哥，中年返鄉協助老媽經營餐廳，冬天少有遊客上島，小林哥也利用旅遊淡季製作烏魚子。烏魚豐收時，一天要開腸剖肚幾百隻烏魚，小林哥俐落的在烏魚的腹部上下各一橫刀，再直刀剖開肚皮，用手抓取出兩片烏魚卵及胗（胃囊），烏魚胗也稱之爲「烏鰎」，搭配蒜苗、椒鹽等快炒，是絕佳下酒菜！

兒時，新鮮烏魚的魚卵不值錢，也不曾曬成烏魚子。魚卵就油煎至兩面金黃赤赤時起鍋，沾著清醬油配飯，不知道是不是小孩太大配（閩東語的猛吃菜），大人便說：「魚卵吃多了會變笨。」小孩半信半疑的收斂著夾菜的筷子，便大口扒了飯起來，是否眞有其事？只能說現在的小孩比較難騙，網路的知識早就查好了說。

小林哥在水龍頭下將烏魚魚體洗乾淨，再用湯匙慢慢把血管內的血清出來。他說血清得越乾淨，曬好的烏魚子越沒有腥味，接著將整個魚卵裹鹽後，攤平在木板上，烏魚子的四周覆蓋上鹽，運用石頭重量重壓讓烏魚子脫

做日光浴的烏魚子（陳其敏／攝）

水、烏魚子定型後，經過一段時間的鹽漬，要將烏魚子上的鹽用清水輕輕沖洗掉，他說：「鹽巴若沒有完全洗乾淨，烏魚子口感就顯苦鹹。」

小島冬日，東北季風打開風口，冷冽乾燥，最適合曬魚乾，也是曬烏魚子的好日子，曬出來的烏魚子呈褐色或偏黑，油油亮亮的野生烏魚子是名副其實的「烏」金，一季下來，小林哥便有了額外豐厚收入。

東引海域是烏魚洄游的主要路線之一，爲了搶先一步攔截南下的烏魚群，近些年來，臺灣漁船大都會在冬至前一個月就開到東引。今年也不例外，剛進入小雪節令，小島已迎來十來艘臺籍漁船。年年來，漁船主與外籍漁工對小島已不陌生，在靠港避風或休息時候，常常上岸購物、閒逛，或是找家民宿洗個舒服的熱水澡。

曾幾何時，烏魚的身價已在島民心中悄悄提升！我想是因爲「烏魚子」，歲月幾番流轉，不被島民受歡迎的烏魚，如今因爲「烏魚子」而身價不凡。一片片烏魚子在寒風中做日光浴，很能召喚味蕾，過年一定得要訂購小島「烏魚子」嘗嘗鮮呢。

整理漁網準備出海捕烏魚（陳其敏／攝）

輯3

海角植物

紅花石蒜、紅藍石蒜、麥蔥、衛茅、刺裸實、
銳葉牽牛、琉球野薔薇……
那些原本開在天涯海角難以親近孤僻的花，
我竟能坐在草坪上等著它開花，
一朵、兩朵、三朵～七、八朵！

1

小蒼蘭是這一季院子開的花

小蒼蘭今年開早了，植物總是如此，當你不經意時，便悄悄冒出新芽或抽出花穗，院子裡的小蒼蘭有兩種花色，白色品種的花會先開，接著開金黃色帶橘的花，植物的生存機制通常是白色的花，不論是香味或臭味，味道總是特別的濃郁，原因是白花顏色較不能吸引昆蟲來傳播花粉，必須靠著氣味吸引蟲子，蟲子往往在很遠的地方就能「慕香而來」。氣味因此就成了吸引昆蟲的關鍵。

但院子的小蒼蘭很特別，我多年來觀察發現，金黃帶橘色的小蒼蘭竟比白色的花香味更濃。

一位同事，剛離校投入職場，對於教育及教養很有想法，很多時候讓我覺得她真是一位好老師，年紀輕輕的卻有一顆老靈魂，我們常常聊天，記得她要離開小島的最後一次散步，我們聊到了「正直」，聽起來很嚴肅，但都是我們生活場域中「教與學」的日常，但遇到困境時，發現靠本能活著卻是最輕鬆。而她的聰慧圓融，有時比我莫名的執著性格，有更多面向的成熟穩重。

小蒼蘭花開時，我摘了素白小蒼蘭給她禮佛，她常常喜悅，想必是滿室的清香與佛光，法喜充滿。之後，我每年這個時節都送院子裡的小蒼蘭給她，每次收到花，她總是笑得很甜，將小蒼蘭瓶花放在辦公室櫃檯上，淡淡清香在空間流動，十分舒服。

有一次我到建國花市，發現小蒼蘭的花色還眞多，花色豔麗閃耀的花朵，跟熙來攘往的人潮一樣喧嘩熱鬧，若與小島院子裡的小蒼蘭花色相比，正如一首歌唱著：「外面的世界很精采，外面的世界很無奈！」我想精采是眞的！但無奈？應該到處都有吧。小蒼蘭的別名香素蘭，想像中素色的花朵是最適合這個名字了。

一位年輕藝術家來島上開展。

跟同好說，今後，做一個用藝術來支持藝術的人。

藝術家借住家裡女兒房間，女兒出外求學的日子已快超過住這房間的日子了，房間成了她老爸藏酒的地方，老爸囤好酒，再用好酒交好友。年輕藝術家生活非常簡單，行李箱中只有必要物品，毫無長物。

一天，孩子的爸跟我說，妳有新的牙刷跟毛巾嗎？可以幫年輕藝術家換一下嗎？其實，我早就注意他的牙刷及毛巾，早該換了！我拿出牙刷及毛巾，小心翼翼地說：這些都是我們多的。

當他離開時，我到房間整理，新的毛巾及牙刷，安靜躺在書桌上。

前幾天，與孩子的爸一起觀賞線上影片《一輪明月》，是弘一大師的傳記電影，成爲「弘一」的李叔同，俗裡俗外都是名人，好友夏丏尊見弘一與衆多和尙擠在一間禪房裡，然後於河邊採水，以鮮竹漱牙，毛巾破如抹布。夏丏尊要給他換一條新的，弘一說：「哪裡，還受用著哩，不必換。」

看到這一幕，我跟孩子的爸說，這不是……。

藝術家離開小島後，小蒼蘭就開了，在院子一隅，靜靜開放。

有線形葉的小蒼蘭跟鳶尾花是同一科，穗狀花序非常特別，一穗上有五至七朵花，從接近花梗基部的花先開，依序地開，先開先謝，約莫瓶插有十天的壽命，在這個時節，小島的天

氣瞬息萬變，有時鋪天蓋地而來的霧，鎖住小島，不一會兒，北風入侵吹散霧霾，溫度驟降，常常收起來地棉被又搬回眠床上。

坐在院子賞花，小蒼蘭的清新脫俗、暗香浮動，靜靜地不喧譁，常常能安撫了躁動的心。

金黃帶橘的小蒼蘭

2

麥蔥

麥蔥，是小島素麗的季節禮物。

每年二、三月至清明節前，是麥蔥最佳的賞味期，在小島上走春，「拔（ㄅㄧ）麥蔥」可是最佳休閒活動。

麥蔥外型長得像蔥，它眞正的名字叫薤白，跟蔥和韭菜都是屬於石蒜科蔥屬，葉扁平又中空，像韭菜又像蔥，但風味與蔥、韭是截然不同，或許這就稱爲野味吧。

長期住在小島上的人，總有一兩處「拔麥蔥」的祕密基地，「拔麥蔥」一定要將其頭（鱗莖）拔出，完整的野味才有價値。拔麥蔥時，很開心，但「剔麥蔥」就討厭了，一根根細又亂，沒耐心的人很容易就「厭」了。

那年，小學同學阿珠，回到小島來找我，她來學校時，我在上課，下了課進了辦公室，同事告知有朋來訪，循著同事指的方向走去，阿珠坐在通往廚房的石階上，手中就抓著一把麥蔥，順手就「剔麥蔥」起來，看到我舉起麥蔥說，「妳看！我一路走來找妳，就在路邊拔了這麼多麥蔥。」我們說說笑笑，麥蔥的香味瀰漫空中，濃得化不開，就像我們之間的情誼。

阿珠在很年輕時，便嫁到臺北，跟著夫婿經營餐飲店，言談中，感受到她對夫婿手藝及好為人，感到滿足。幸福的日子應該要多長才夠？答案是：永遠都嫌不夠！距離相見約一年的時間又到麥蔥盛產的季節，接到同學電話說：「阿珠想要見見同學們。」我和幾個在小島上的同學便啟程趕往臺北相見。在病房裡，阿珠因治療剃光了頭髮，她在病床上翻來覆去，睡得不安穩，她的夫婿叫醒阿珠說，「同學們來看妳了！」我說：「阿珠是我，我們來看妳了！」阿珠看著我們，念著我們幾個同學的名字，然後又眉頭深鎖地闔上眼去，這是我最後一次見到阿珠了。

春天散步常常看見麥蔥身影，非常可愛，尤其在精神堡壘往如意山莊路旁的麥蔥長得細長，一叢一叢的，被風吹得彎腰，像是一波一波綠色的海浪。

將麥蔥切碎加上雞蛋、麵粉再加水拌均勻，在平底鍋裡煎成餅，我最愛吃，可以每天只吃它，我家那個人說：「妳怎麼可以偏執到只吃一種食物呢？」

有一天，家裡那個人到他的祕密基地去「拔麥蔥」，祕密基地的麥蔥頭看起來像有蒜苗那麼大，他拔了一大把，正要離開時，遇見了兩位阿兵哥，其中一位牽著兩隻狗，他開口問說：「可以幫我拿著麥蔥讓我拍照一下嗎？」阿兵哥回說：「可以，但要離開營區才能拍照。」他轉身往營區出口前進時，跟在後頭的兩隻狗，像說好似的，突然以迅雷不及掩耳的速度展開偷襲，一隻狗咬住他的一條腿，還來不及喊痛，小腿已留下血紅、烏青相雜的犬齒印記，還右腿咬的是隻大狗，傷勢比較嚴重，牛仔褲都被扯破半截。我腦中出現畫面，一個中年大叔，握著一把麥蔥，褲管襤褸走在山路，好不狼狽又荒涼！

這一把麥蔥換來了一條破牛仔褲、一針破傷風及兩條小腿肚上的傷口。

把麥蔥煎成了餅，就是覺得不對味、沒那麼好吃，不知是因爲麥蔥蔥頭太大，味道太嗆，還是有小狗口水味道（胡謅的）。終究無法再吃它了。

上個星期去了一趟臺北，偷渡了一小把麥蔥，我們一家人出門，習慣不帶

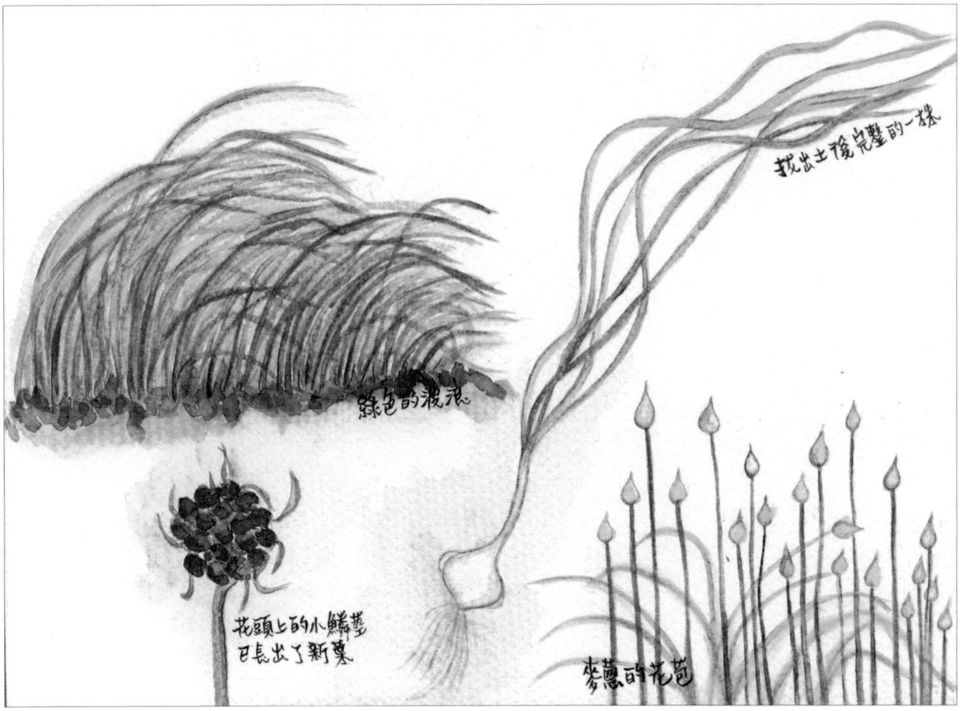
拔出土後完整的一株
綠色的波浪
花頭上的小鱗莖
已長出了新葉
麥蔥的花苞

陳翠玲手繪麥蔥

太多東西，尤其食物，堅持到哪裡就吃當地的食物，出門前，想孩子離家求學幾年，再也沒吃過麥蔥餅。周末先是女兒回來，我煎了一盤餅，她第一句話就問有沒有番茄醬？稍晚兒子回來又煎了一盤餅，他也問有沒有番茄醬？據他們的說法（我已經忘了）是小時候吃麥蔥餅一定得沾番茄醬，突然間，覺得媽媽的味道不是麥蔥煎餅，而是番茄醬。

這兩、三年的冬日，小島的天氣常常暖暖的，麥蔥也會抽出新葉，你若等不及要吃它，它回報你的絕不是你熟悉的香味。

麥蔥最佳賞味期是農曆年後到清明前，過了清明節老人家總是說，那麥蔥被鬼囝（小鬼）的尿尿過，便不能吃了。這樣的說法可信為何呢？但對學植物的人來說，過了清明這麥蔥莖葉要纖維化，就不好吃了，接著就要開花了，花為繖狀花序，像韭菜花，在花頭上會有許多小鱗莖，到了四月底五月初小鱗莖發出新葉，掉入土中再長成新株，非常有趣。生態觀點上的不可過度採集，留著種，才能確保年年歲歲都吃得到麥蔥呀。我想，用鬼囝尿尿嚇人，也是老祖宗的智慧吧。

3

生如夏花之燦爛

夏日的花，在艷陽下有著鮮明的個性，各有姿態顏色，如果不清楚花兒身家背景，常常是入花叢而眼花撩亂。

綬草在清明節前後開花，所以叫做「清明草」，但在國之最北境的小島，綬草開花時節略晚，已是吃粽子的時候了，夏的腳步早已邁開。綬草又稱盤龍蔘、龍抱柱，花枝上的小花盤旋而上如龍抱柱，淡紫帶白的小花，從花枝基部開始往上開放，每一株花期有半個月之久，長在大樹下或遮陰處，小花則依序直邊向上，若日照充足之處，花序則旋轉的特別優美。

近年來，綬草已鮮見蹤跡，植株矮小，覓其芳蹤要具備好視力，再則腰要軟，而我只有心很熱！相信也可彌補其他的不足，同住小島的生態攝影師，常比我早發現小島上的花訊，結伴去看綬草，他熟門熟路的動作俐落，指著三五成群的綬草花枝，待我彎下身讚嘆再讚嘆時，他早已五體投地的左右上下移動鏡頭，喀擦！喀擦地將窈窕身影盡收鏡裡。

「我想來復育，讓小島上的綬草數量越來越多。」我說。

「我帶妳過連堤，那兒的野地上，或許可以挖幾株回來繁殖。」他說。

心想：珍稀瀕臨絕種的植物，要復育是一條漫長的路，但總得試試。這些日子，花兒謝了，種實內的種子如粉塵，數量真不少，我小心翼翼地將它們撒在盆土上，日後等這幾株綬草茁壯，也試著將肉質根分支繁殖。

年初趁著雨水節氣，播下去年收成的向日葵種子，發芽率極高，育苗盤滿是種苗，呼朋引伴來移植花苗，有人滿心歡喜，有人看了很失望，以爲可以看到花！於是我發揮了「花婆婆」的精神，將過多的種苗，移植到各處有土的地方種植。小島風大，教室旁的向日葵常常一夜風雨後，花枝亂顫，東倒西歪，但天晴後，面向陽光又勇健的站了起來，小花圃中有盛開、有枯萎的、也有正要結實的花，有些花枝半倚欄杆，有些也攔腰半折，但有更多的花枝直直衝向空中，獲得更多陽光跟空氣。這一方地有如梵谷的那幾幅向日葵畫，不同姿態的花再複製及放大版了。

小島上「帶不走的紅藍石蒜」被譽爲喜愛植物的人，一生中必定要造訪的花，許多尋花者來來去去只爲一親芳澤，但小島交通亦如蜀道，「蜀道難，難上天」對花訊做足了功課，但仍有錯過或不能及。

疫情爆發後的異地辦公，我搬到一樓教室，也在這裡當直播主，這教學模式，讓我們重新審視教師的角色，老師的教學及學生的創作可以更多元，交作業來的孩子創意無邊，不交作業的孩子，或許淹沒在不開鏡頭的另一個世界了。

一樓教室潮濕，日日倒除濕機水兩桶，每次澆灌的草皮上，冒出了花莖，張開了玫瑰色帶藍的花瓣，兩年前復育繁殖的種球，在水份多的狀況下提早開花了。

鄭愁予詩集《寂寞的人坐著看花》中的四句：

山巔之月／矜持坐姿／擁懷天地的人／有簡單的寂寞

原本開在天涯海角難以親近孤僻的花，而我能坐在草坪上等著它開花，一朵、兩朵~三朵，七、八朵！疫情空蕩蕩的校園中，仍矜持著「不停學」，有簡單的寂寞，卻能擁懷天地。

石板菜是花？還是菜呢？

地質專家說，石板菜喜歡長在石灰岩石塊中，所以是長在石板縫隙不能吃的菜。小巧玲瓏的肉質葉片十分討喜，開起花也毫不含糊，如無數的星星聚在一起各自閃爍，老屋的簷角上，巨石的節理中、海邊的亂石堆裡，它都能自成風景，常常讓人駐足流連。

小島散步，抽出紅穗的五節芒、開加厚白花的日本前胡、遍地盛開金黃花的南美蟛蜞菊，寶藍色花的銳葉牽牛披掛在樹頭上，還有砂石堆裡的黃花磯松，都能各自精采，各自美麗。

「生如夏花」出自印度詩人泰戈爾《飛鳥集》第八十二首。

英文原文是：「Let life be beautiful like summer flowers and death like autumn leaves.」鄭振鐸譯爲「使生如夏花之絢爛，死如秋葉之靜美」。

詩人泰戈爾用夏花來比喻人生要活得精采，我想人的精采哪比得上夏花在短暫的生命中怒放絢爛。花開花落，四季更迭，當換上秋的顏色，也許蕭條，也許孤寂，若身心安頓，我想，就是美。

陳翠玲手繪紅藍石蒜

4

帶來幸運的酢漿草

有一本繪本《帶來幸運的酢漿草》，故事是說有兩隻老鼠吵架了，並立誓誰先找到幸運草，另一方就要道歉，就這樣為了要找幸運草而發展的故事，兩隻老鼠分別經歷挫折及危險後，發現最珍貴的是最尋常的事及身邊的人。

小島上的酢漿草有紫花及黃花兩種，紫花酢漿草的葉片較大，與黃花一樣的是有三片倒心形的三出葉組成，偶可見四出葉，就是大家尋找的幸運草。

我發現四出葉的葉子排列就不那麼平整，沒有想像中的美好。自然老師會說那是基因突變的葉子，喔，原來帶來幸運的酢漿草是基因突變種。

小女孩看著酢漿草

石椅上的女生，那時是小一，今天休業式上看著她上臺領獎，那張臉長相都沒變，但身體變大變高，小孩怎麼長這麼快？這些小孩在我眼前長大，我在他們眼裡應也是漸漸衰老。記得，那天下課我們一起走後校門回家，路旁的紫花酢漿草吸引了我們，蹲著看半天，便興起拍照念頭，小女孩聽話乖順，請她趴在石椅上，她照做了，神情專注自然，要換成現在年紀的她，肯定不依。

去年年底與她一起出席在臺北的頒獎典禮，是因爲她畫了一張〈星空下的藍眼淚〉得到了全國地景繪畫比賽的優等，在幾天的旅程裡，我們倆吃喝玩樂睡在一起，每一天早上，她總是比我早收拾好並等我出門，這是我幾年來帶學生出門最開心輕鬆的一次。

據說，找到幸運草就能獲得幸福，而自然老師說，不是常常有基因突變種的酢漿草呀。尋常的酢漿草，看它的花及葉不也是美極了，尋常的美景跟在你身邊的人和事，才是你生活中最重要的。不是嗎？

5 》

琉球野薔薇

暑假回到小島，是因爲有一個很愛小島生態的臺北友人，要帶著一群住在四面環山的布農族孩子來這個被大海擁抱的小島，體驗不一樣的生態、生活。

我們一群人走在往燈塔的步道上，這時節琉球野薔薇正結滿了果實，薔薇科的果實都長的很像，但琉球野薔薇的果實長得更飽滿大顆，成熟時，果實外皮紅褐色，並披滿了細毛，每一片羽狀複葉的葉柄上都長一根倒鉤的刺，花單瓣白色頂生，每朵花有愛心形花瓣五枚，像是一位穿了白紗的靚女，清新典雅。

我對著山裡頭的孩子，說起小時候這些果實是我的零食。

一到暑假我和鄰居好友便聚在一起，結伴去山野間採集琉球野薔薇的果實，這果實福州語稱爲「烘甕」，採集「烘甕」時，小手總是小心翼翼的怕被它全身的刺弄傷，但被刺刺到手也總難免，一但被刺到，皮膚上冒出鮮紅的一粒血珠，這時，就立刻手就嘴地吸了起來。摘下的「烘甕」，先用刀柄用力一捶，就裂開成兩三瓣，果實肚子裏有著更多的軟細刺毛裏著一粒粒的種子，用手指將種子和刺毛摳出後洗乾淨，就裝在罐子裡倒些白糖進去和一和，第二天就可以拿來吃。「烘甕」裡的刺毛一根根都插在手上皮膚毛細孔裏，愈是用力搓就愈痛愈癢。於是就對著老屋窗戶投射進的光，瞇著眼將一根一根的刺拔出。

在那沒有零食吃的時代，這用糖醃過的「烘甕」確實讓我們每個孩子都解了饞。布農族的孩子每一個都有著深邃的五官，聽著我說「烘甕」的故事，圓溜溜的雙眼

陳翠玲手繪琉球野薔薇

就更加明亮了。

五月的一個假日，來到小島「北緯二六度咖啡」赴約，因友人未到，隔壁桌有兩位回防小島的老兵，來尋找昔日記憶，我們有禮貌地打招呼，言談中他們很想念當時在小島當兵的一切，闊別了近三十年後回到小島，一切都是那麼的親切自然，一位老兵拿出他拍的琉球野薔薇求名，他說在小島當兵時，只看過海芙蓉及毛澤東（南國薊），但今天看到了琉球野薔薇的花，開滿了整片山坡，驚訝於這花的氣質，像是在夏日小島上的白色饗宴，眞令人心曠神怡。他們年輕時到小島當兵，那時我也在小島上，但我們不相識，因爲一張琉球野薔薇照片便串起了話題，他們離開小島後，便傳來其中一位老兵生病並在短時間離世的消息，眞讓人不勝唏噓。

我記得，離世前的他說，他退伍後有多想念小島及多愛小島時，那雙熱切的眼睛。

6 顏色各異的石板菜

有位朋友問我石板菜是菜嗎?能吃嗎?雖名爲菜,但我從來就沒想過它是不是可以吃?它這麼可愛怎捨得吃?這棵石板菜長在西引后澳上方的土塘,土塘附近風化的黃土地,地勢陡峭,崖壁與海面幾乎呈垂直,終年受著海風直逼侵襲,葉子也比長在東引的石板菜要紅些。

帶回這棵石板菜後,晚上參加女兒國小同學喜宴,新娘子從幼稚園起就跟女兒同班了十一年,班上只有一位男生的班級,一群娘子軍感情特別的好,離開家鄉出外求學,也常常相聚,徹夜通宵聊天。新娘子從小就有一股豪氣,像是路見不平就能拔出劍來相助的女豪傑,也依稀記得有一次代課,讓他們背詩的情景,怎麼一夕之間,小女生已爲人妻,也將爲人母。新娘子臉上仍有一絲稚氣,有更多的嬌羞,新婚的幸福洋溢在臉龐。想到女兒到現在仍像一個嬌縱的小孩,在家人眼中還是個愛吃愛睡的豬小妹。

宴會餐桌上有道扇貝的料理,那些吸引人的貝殼以往我會打包帶回布置庭

園，但身爲長輩覺得這個動作太失禮，暗自割捨。次日晨起，想著昨晚餐桌上沒有帶回的扇貝殼直覺可惜。拿出以前收集的扇貝種下這棵石板菜，有些葉子紅紅的，應該是生長在那些破碎岩盤上，土壤中含有較多酸性，也或者是低溫，合成了更多的花青素，讓葉子呈紅色。

石板菜的葉子狀似佛甲，所以又叫臺灣佛甲草，它常長在岩壁的縫隙中，只要薄薄的一層土，就可以支撐它的生存、生活及生命。小島各處的石板菜，形態及顏色各異。就像女兒班上的孩子們，他們曾經一起走同一條路，又走了各自的路，有了不同的涵養，也有了各自的成長。願他們都能享受當下的生活，在各階段中也將有不同的體驗及收穫。

石板菜（陳其敏／攝）

7 走到芒花最深處

節氣「芒種」，意指大麥、小麥等有芒作物種子已經成熟。在小島上，此時五節芒抽出紅穗，是美得恰恰好的時刻。

趁著假期在小島巡禮，從東引走到西引經過中柱跨海大橋，人們向海爭地後，在岩壁上刻下了「人定勝天 事在人為」八字，記錄當時完成了不可能的任務，那是時代「精神」。而現在的我們，只能誠懇地向天致敬。一路上，有大海和五節芒相伴，小島上的五節芒在五月節（端午節）時，抽出新穗，故名之。此刻抽出的穗為紅褐色，一到了秋天，穗上的小花盛開，東北季風一吹便散，落土便長，遍野滿山。

小時候，依媽用彎月鐮刀割下五節芒植株，再拔除葉緣如利劍的長葉，依媽雖巧手俐落，但手掌、手臂難免被刮傷，刮傷的傷口奇癢無比，在那刻苦的時代，對依媽來說刮傷手是件小事。她將芒穗整齊排列捆成扇形，接著將莖枝綑成一把，用紅色尼龍繩綑綁固定成掃把。芒穗上的小花結實會慢慢成

五節芒（陳其敏／攝）

熟，常常是邊掃地邊掉種子，芒草掃帚用越久身形就越顯憔悴瘦小。

又到了畢業季，眼前要離開校園的孩子九年前剛進小一，其中有一位孩子，熟悉觀察了幾天，對著走在校園的外子說：「我覺得你喜歡我們主任！」過了幾天，在校園裡又遇上外子，又對著他說：「我看的出來，我們主任也喜歡你。」

入森林必聽鳥鳴；春日必有花香；有海必有浪潮聲，但這時海上卻平靜無浪，五節芒隨風搖擺像是銀紅波浪，原來浪花都到了陸地上。時間眞快，有去無回，畢業班裡一個孩子，培訓他演說三年，每年全縣演說比賽時，都進步一名，在國小畢業前得了全縣第一名。我們在集訓的日子裡，一早來學校，就得跟我練習說一次昨天給的題目，午休時間再修稿潤飾，他壓力很大，心裡有抗拒但仍堅持下來。我們師生一起經歷一場三年演說馬拉松，相信掙扎與困難至今都變成了養分。

喜歡走在這開滿芒花無人的路上，就算是對面有人迎面而來，就當自己是一個旅人，也只是來好好感受土地的。

另一個即將畢業的孩子，突然有一天說他喜歡唱歌，我就說，「那就來參加歌唱比賽吧。」他選唱了一首〈青蘋果樂園〉參加比賽，舞臺上的他，帶著我的小草帽，載歌載舞自信滿滿，舞臺下掌聲歡呼聲不斷……當角色換成小小解說員時，餘興節目〈青蘋果樂園〉歌聲伴隨著掌聲，記憶中仍迴盪在燈塔步道下的烈女義坑。

走到芒花最深處，心情像極了簡媜書中說的：「既然有浮雲陪伴，四季催趕，那就繼續走吧！散步到芒花最深處，即使眼前芒草荒涼，狼群出入，也沒什麼好怕，說穿了，也只是有去無回的人生。」校園中卻有新解讀，是一個有去有回的地方，六月畢業生出校門的些許感傷，很快會被九月迎來的另一群童顏所取代，生生不息。一如尼采將孩童比喻涵蘊著無限可能的驚奇、天真純粹，是新的季節與道路。

走到芒花最深處，獨處和欣賞強勢不敗的一群，它在正好的時刻，展現了正好的樣貌。

8 ≫

金銀花

前陣子收到一個禮物，幾首用母語創作的詞曲，創作者希望可以推廣深耕教育，其中一首〈金銀花〉詞曲親切、意境有如鄰邊的女孩、手帕交，不論上學下課總是手牽著手，一起看天邊彩霞，星星眨眼。金銀花的花色有金、銀兩色，有如姐妹般相依偎，結尾就唱著：金銀花～姐妹花～金銀花～姐妹花！孩童歌聲滿溢童趣，純真動人。

藝術如果沒有影響力，就沒有價值，一點也沒錯。

金銀花　詞：林玉金　曲：王筱君

西尾天邊，彩霞連天，
遠遠海面，漁船點點。
這馬祖靜靜暝晡，月光光映浪波，
這夏季靜靜暝晡，滿天星斗爍呀爍呀。
晚風輕輕啊，飄啊飄，飄花香，
姐妹啊，輕輕唱，金銀花，花飄香，

金銀花，姐妹花，金銀花，姐妹花。
過冬天，花開滿山波，
綠樹底下，倪囝唱歌，
這馬祖靜靜暝晡，月光光映浪波，
這夏季靜靜暝晡，滿天星斗爍呀爍呀。
晚風輕輕啊，飄啊飄，飄花香，
姐妹啊，輕輕唱，金銀花，花飄香，
金銀花，姐妹花，金銀花，姐妹花。

教室前的綠籬種著金銀花，年復一年總是長不滿圍籬柵欄，每當初夏一來，她總是被人們摧殘的剩下皮包骨；每一次，我都想力挽狂瀾，卻常常力不從心。

站在教室裡，時而見著白衣長裙女生優雅拿著小剪刀，剪下嫩葉及花朵，輕輕地放在籃子，再對著手機鏡頭甜甜微笑，新採的花兒生氣勃勃跟鏡頭中的人兒一樣清新可人。有時有著紳士般步履的男子，輕鬆地登上花臺，拿著花剪細心剪下他要的花朵，覺得夠了便收工。有一次，在教室裡看見一個婦人，拿著一支大大的草剪，一個很大很大的紙箱，先是費力地爬上花臺，非常粗暴地對枝葉胡亂剪下，掉了滿地的花枝，也不仔細地撿起，我看到滿地的枝葉，忍不住出來阻止，她卻十分不悅地說：「人家都可以採摘，爲何我不行？」如果調閱監視器，看看自己的樣子，會不會發現什麼？她走了以後，躺著滿地的枝葉顯得手足無措。

陳翠玲手繪金銀花

在地人研發了用金銀花來釀造啤酒，名爲「忍冬啤酒」，標榜著不加香料，使用當地採集的金銀花，忍冬啤酒產品的故事，是訴說著「石仁愛」對於馬祖的愛及情誼，如醇化成芬芳的酒香。馬祖人稱石仁愛爲「石姆姆」，「姆姆」福州語的意思是形容與「嬤嬤」一樣親的人，她從家鄉比利時到中國，在一九七六年時，

輾轉到馬祖天主堂的海星診所服務了二十五年之久，在島上接生了上千名的嬰兒，也提供老人及婦女之醫療服務，二〇〇一年退休後離開馬祖，回到比利時家鄉，二〇一〇年過世，享年九十二歲。馬祖人爲了紀念「姆姆」，常常一句溫柔愛語陪伴著遭遇困頓的人們，以及她樸素從容的姿影，於是在天主堂一旁立了石姆姆的石像供人憑弔思念！

小島野地上的「忍冬」，在三、四月的時候冒出新芽，接著以燎原的姿態，開枝散葉，枝葉健壯後，在枝條的頂稍開出白色的花，花朵的香氣芬芳迷人，花初開放時爲白色，將謝時轉成黃色，黃、白花相映名爲「金銀花」。是多年生常綠會纏繞的灌木，小枝條細細長長，頂稍微捲等待時機攀上支持物，有時野地上攀爬著一大片的忍冬，枝葉上密生柔毛，在初夏開花時節是採摘的最佳時節，通常採摘的花朵，會另外收集在小竹篩裡陰乾後，用熱水沖泡即可飲用，或加入其他的香草一起沖泡，枝葉剪成小段曬乾後，燒煮成金銀花涼茶，加點糖冰涼後風味更佳。人們總在住家附近的公園或空地時常鋪著大木板或紙箱板，曬著金銀花的小段枝葉。小島天氣若靠自然乾燥，難度眞的很高，有時曬到長霉了，再整個丟棄。若可以改善乾燥法，就可以保存營養成分，色澤及香氣了。

花名金銀花的忍冬，隱喻著姐妹淘的情誼、還有如酒醇香的大愛，這些創作及創意也如花香，都令人驚艷及著迷。

9 依爸種的天竺葵

依爸生前在房子旁空地種了幾盆天竺葵，前年我剪了枝條扦插在盆裡，長成滿滿的一盆，把它放在庭園裡，天竺葵不時就會開花，葉片披滿了毛，耐旱又耐風，植株的氣味雖不討喜，但有滿滿的回憶。

在離世前的一段歲月裡，依爸大多時間是昏睡著，貼了嗎啡貼片，只要藥效退了，就痛楚徹骨，全身全心的無奈。那時，我跟著幾個姐姐一起和依爸同睡一個房間，方便照顧他。依爸半夜醒來叫疼，也總是姐姐們起床按摩安撫，我正如么女般的個性懶散，無力承擔壓力繼續睡，有時，依爸閉著眼睛說：「落江了，天野暗，手電開未？」他是憶起年輕打魚時的情景，總是天未亮就出海捕魚。

那一夜，依爸因腹部積水厲害，到醫院急診，在病房裡我跟三姐守著他，依爸仍囈語不斷，但一時半刻裡，依爸突然張著清醒的雙眼用評話對我說：「我不要死在這裡，妳要帶我回家。」我應該是哭得昏昏沉沉，半睡半醒挨到天亮，問了我最敏感多慮的三姐是否聽到依爸說這些話，她竟說沒有。平常夜裡都是她在顧依爸，依爸有任何動靜第一個跳下床的就是她，爲何她沒聽到依爸的交代？幾天後，我帶著依媽和依爸搭乘直升機返回小島，那是炎熱的七月暑氣難耐，依媽冰冷的手撫著身體漸漸冰冷的依爸回到小島，如願回到了家。

天竺葵生命力強韌，不需要怎麼照顧，它不時開著花，五片小花瓣組成一朵小花，許多小花湊成一朵大花，旺盛生命力的模樣眞可愛，喜歡它還有一個原因，那是依爸種的花。

依爸對子女嚴肅，四個女兒中我最小，么女沒有特別受寵，或許我已經是第四個女兒了，而三位姐姐的能幹體貼我都不及，被挑剔的時候居多，我印象中我們肢體極少親近。

只有那麼一次依爸揹著我。

小時候我喜歡唱歌表演，被選中參加遊藝

隊，參加遊藝隊的小孩每到過年及擺暝，就到處表演，並跟著遶境隊伍遊行。我可以踩著高蹺，又唱又跳，唱的還是福州歌謠。小學時，每個女生都是清湯掛麵頭，而我的長髮卻可以梳著兩條又黑又長的辮子，總是有單獨的秀，在遊藝隊算是第一女主角。

在擺暝遶境的隊伍到了忠誠門，那時的我藝高人膽大，可以一路踩著高蹺從中路階梯往上走，但那次依爸揹著我走上中路，不知那時依爸揹著我，大家注視著一個畫著大花臉的小女生，可算是遊藝隊裡的小花旦，是否有讓他感到驕傲？

他辭世的前幾天，我在醫院陪他，他總是昏睡，我才自然地拉著他的手緊緊握住，端詳最多的是他臉上的皺紋及手背上的老人斑。在幾天時間裡，我發現依爸臉上皺紋漸漸不見，越發年輕英俊，而依爸那些不見的皺紋卻到了依媽臉上，到現在還在；而他手背上的老人斑從他辭世後，就到了我的手背上，到現在也還在。

坐在庭院看花的時光總是最美好的，喜歡看著天竺葵花開了，謝了。花開花謝終有時，喜歡它，因爲這是依爸種的天竺葵。

10》

帶不走的紅藍石蒜

「馬祖各島之中，只在東引發現長葉石蒜，因此也被稱之『東引石蒜』，東引當地人更喜歡的稱呼是『紅藍石蒜』。能夠幻化出如此鮮麗豐富的色彩，都認定紅藍石蒜的品種一定系出名門，而且其基因非常純粹與獨特。實際上，紅藍石蒜的身世並不單純，爲換錦花與紅花石蒜的混血品種，經過千百年的雜交演化後，顏色也愈來愈多元繽紛。」根據國立中興大學園藝系研究生彭俊翰及張正教授的調查研究，認爲紅藍石蒜是換錦花、紅花石蒜雜交後的中間型品種，雖然帶有相似的基因，但是紅藍石蒜並不等同於換錦花，換錦花也不等同於紅藍石蒜。「紅藍石蒜的基因非常古老，東引是目前唯一可以輕易欣賞到廣大一片紅藍石蒜開花的地方，豐富獨特的生態資源應好好珍惜維護。」研究蕨類的郭城孟教授也曾表示。

有一年，我帶學生做科展研究的摘要，每每學生背著上述這段講稿，我心裡有著莫名感動。

這一年的換錦花石蒜類盛開了兩次，第一次在瑪利亞颱風帶來豐沛的雨之後盛開，第二次是這星期，前一個星期，下了兩、三天的午後雷陣雨，滋潤了大地，喚醒了花兒們。

回到小島就急著去看花，島上數量最多的仍是換錦花，小島上石蒜類依特性可分成換錦花─紅藍石蒜─玫瑰石蒜─紅花石蒜，到了現場，除了陶醉其中，要分辨花的特質些微差異，卻是會難倒了人。

從葉子來區分倒可以分成長葉及捲葉，換錦花是捲葉的，稱爲馬祖捲葉石蒜，紅藍石蒜是長葉稱爲東引長葉石蒜。

紅藍石蒜及玫瑰石蒜是東引特有種，它們是帶不走的。

這兩天，在山邊海角看花內心很澎拜激動，回想去年底做紅藍石蒜雙鱗片繁殖實驗時，將採集來的種球、分類、切割、泡藥劑、泡糖水，放入黑暗箱，等等等，等了八周後，發現實驗結果不如預期，有一半的鱗片都乾枯發霉，我的心也乾枯了。那些日子，半夜常常醒來原本是因爲手背燙傷痛醒，但醒著卻想著是那些乾枯的鱗片，實驗結果要如何自圓其說？當時的失眠，常分不清楚是手痛還是實驗的結果。此刻，在天之涯、海之角與花共處中得到了滋潤，療癒了當時受挫的心。

陡峭的山坡上，同時看到了第一波花結的種子、盛開的花及含苞的石蒜，天地間充滿著生生不息的喜悅……或許，它們才是永遠的島民。

傍晚下起了大雨，能否喚醒仍在沉睡的石蒜？再度以孤傲絕美的姿態面朝大海。

11

射干種子　北疆萌芽

從草嶺帶回的射干種子不畏小島的嚴寒發芽了，小小的芽像一把綠劍朝空中直射而出，一整盆的小苗青翠扁平，澆水後葉頂稍的小水珠垂掛煞是好看，草嶺上的射干，因長在較高的海拔上花朵顏色較為艷麗，花瓣上的斑點也更為明顯。

去年年底去了一趟草嶺生態地質小學，這是一所新蓋的學校，位於雲林縣古坑鄉，對於古坑的地名最有感覺的是古坑咖啡，但到了當地問了許多人，咖啡種在哪裡？沒人能回答我。後來發現古坑不是沒有咖啡豆，在農莊裡有很好的咖啡豆，但數量不多，通常是自產自銷。

草嶺生態地質小學被譽為「天空城堡」的學校，位於海拔八百七十公尺處，視野開闊可遠眺群山峻嶺。二〇〇八年辛樂克颱風肆虐，草嶺國小舊校區陷入危險中，老師們忍痛棄校帶著學生出走，先是到避難中心上課，再遷到社區老厝，最後流浪到了停雲山莊，停雲山莊變成了他們的辦公、教學、活動的場域。

「我想有一個新學校」一直是所有老師及孩子的想望。停雲，多麼詩情畫意的名字呀！那片雲終於從烏雲變成彩雲，他們也擁有了一所新學校，取名爲「草嶺生態地質小學」。

這所新學校裡，連幼兒園總共只有二十幾個學生，在迎賓的表演中，

每位學生手執一支薩克斯風，站在兩棟校舍中間，薩克斯風的樂音在校園建築物中迴旋盪漾，餘音繚繞迴盪整片山谷，耳邊聽著、眼睛看著，心裡卻想著：這校園的老師是如何帶著這一群孩子流浪~教學~流浪~教學，再把每個孩子帶回新學校，這是一所有故事的學校呢。是不是有著許多坎坷、曲折、辛酸？還是也充滿了希望、期待及堅持呢？

小島上也長著射干，但花色偏黃，爲什麼叫射干呢？因爲它莖直立，梗長長如射之長竿。而從草嶺帶回來的射干，原本是長在海拔近一千公尺左右的峭壁雄風附近，祈望它也能適應這小島的風雨、小島的溫度，植物應該比人更懂得流浪，不是嗎？

12 紅花石蒜 開了

節氣白露到秋分前後是紅花石蒜開放的時節，小島上的紅花石蒜數量如今不及換錦花系列品種多，可能是在未列爲馬祖縣花及珍稀保育類植物之前，美其名爲要大量繁殖的其他大島，跟想要占爲己有而帶離開島的大量採集有關。

年輕時便嫁到燈塔的依媽，就發現燈塔附近滿山遍野的紅花石蒜，她稱他們爲「亞麻花」，現在已不見滿山遍野的花盛況；這幾天，她發現回到我家的小階梯路上的一盆盆栽裡，有十數支紅花石蒜在陸續開著花，依媽每經過一回就讚嘆一回，但我就常觀察到那些開在山野間的花，不論植株及花色就是比移植到家裡種的健康許多，紅花石蒜那樣孤傲的美或許只有開在那天邊海角及廣闊的山林，才能配得上它的氣質吧。

上星期在畫展中向兩位學霸女大學生介紹我的創意紅花石蒜畫，我說紅花石蒜開花時，就開學了，其中一位女生哭腔哭調演著說：「啊！要開學了！想哭！」我的老師靈魂大爆發說：「紅花石蒜被稱爲彼岸花，花和葉生生世世不相見的故事讓人悲傷，但我想爲小島的紅花石蒜下一個新定義，就是它的花形像是炸開的煙火，九月開花正好趕上開學，尤其小島孩子都在十五歲就離開家去求學，也象徵著出發，勇敢接受新生活及新挑戰。」兩位學霸便笑了起來，興奮地分享她們在山林間的尋花記。

昨天一早，我家老爺拍了紅花石蒜回到家，早餐時我們便聊起了花事，他說，我們都覺得玫瑰石蒜是紅藍石蒜與紅花石蒜的雜交種，但我今天覺得會不會在N年之後，會推翻我們現在認定的石蒜科雜交種，又接著說：「你看，它們一個開在西引，一個開在東引，花期又不一樣，今天我拍著紅花石蒜，就在想著這個問題。」我說：「就花粉飛呀飛，有些紅藍石蒜的花開晚了點，有些紅花石蒜的花開早了點，就遇見了。」或許他一個人拍花，感受到山野如此遼闊，那開在彼岸的花，他只能用長長的鏡頭捕捉它們，而細小的花粉卻能飄洋過海或隨風疾行到彼岸另一株花的柱頭上……這是不是就如張愛玲說的：「於千萬人之中遇見你所要遇見的人，於千萬年之中，時間的無涯的荒野裡，沒有早一步，也沒有晚一步，剛巧趕上了。」

但不管如何？這些植物就是能通往世界，不是嗎？

即使我們看到的紅花石蒜，也有不同的面貌，花色、花瓣形、卷曲程度、皺波大小，些許特徵的不同，造就千變萬化風姿，石蒜科的紅花石蒜，花謝

後於春天冒出葉子，葉子細長倒臥，夏天葉子乾枯不見，於白露後待有豐沛的雨量，便抽出花莖，花莖有綠色或褐色，頂生四至六枝的小花成爲一朵大花，花色艷紅，花瓣裂到基部向後開展卷曲，邊緣呈皺波狀，花蕊及柱頭彎曲呈弧形，像是炸開的煙火的火線，使得整朵花更蓬鬆有型。

又是賞紅花石蒜的季節了，在通往燈塔的路上、山野間，慢慢走、慢慢看肯定有驚喜，再靜靜的欣賞、靜靜的讚嘆。

紅花石蒜是如此孤絕，如此獨立又如此美麗。

*編註：小島上石蒜類依特性可分成換錦花、紅藍石蒜、玫瑰石蒜、紅花石蒜。換錦花與紅花石蒜，經過千百年雜交後，而開出千變萬化的品種。根據國立中興大學園藝系研究生彭俊翰及張正教授的調查研究，認為紅藍石蒜、玫瑰石蒜是換錦花、紅花石蒜雜交後的中間型品種，雖然帶有相似的基因，但它們並不相同。

燈塔 藍天白雲 紅花石蒜（陳其敏／攝）

13

羊帶來

從小就會莫名其妙的皮膚發癢，身上紅癢是常有的事，就醫時說：「我的皮膚不好。」幽默的醫生會說：「是因爲皮膚太好，沒有抵抗力！」皮膚敏感沒有抵抗力，這輩子都跟著我，或許是蟎害、可能是花粉過敏，蚊子也特別青睞我；一群人在一起戶外活動，總是我被蚊子叮咬，輕者紅腫奇癢，一不小心演變成一大片小斑點，傷口潰爛也是常有的事，當初，離開園藝工作，有部分原因，是被蚊子叮怕了。

皮膚病發時，便到處亂投醫，聽聞那裡有名醫，一早便在診所外排隊等候，有一次一位親友介紹一家診所，把醫生說成了神一般。我和我的皮膚病，從小島出發，到新北有點遠的診所，診所老舊、燈也不太亮，老醫生看了我的紅腫潰爛皮膚，示意護士帶到隔壁診間，先從手腕的血管裡抽出血，注入另一管裝有針劑大針筒裡，再從皮膚注射到我體內。

這樣的治療嚇到我了，當我走出昏暗的診間，剛好日正當中，我抬起頭來，豔豔的日光就在頭頂，不知是一路趕船、趕車太累，還是剛剛的醫療行爲，讓我心生恐懼，頭昏目眩幾乎要站不住腳，當下決定再也不要來這裡。

爲了增加皮膚的抵抗力，從小就試過各種偏方，吃過依媽爲我到廟裡求的香灰，香灰泡在裝有水的碗裡，攪拌攪拌一下澄清後，一口氣喝掉水。也吃過鄰居抓到的蛇煮的湯，依媽要來一碗蛇湯，湯裡有著一小段蛇的身體，加了很多薑片，我閉著眼睛、捏著鼻子呑掉碗裡的湯和肉。

印象最深刻的是除菌消炎的藥草——「羊帶來」。小時候，當我皮膚起疹紅腫時，依媽就到屋子旁拔幾株有半個人高的羊帶來，洗乾淨後將全株的羊帶來，放在大鼎中熬煮，當湯變成黃褐色時，倒入大盆子中，叫我整個人泡進湯裡，泡澡搓洗後，依媽再端著我泡澡過的羊帶來水；從踏出家門後，大步跨走七大步，將泡洗身體的羊帶來水往前潑灑出去，反身走回家裡，這期間是不能回頭跟說話，依媽像是進行儀式般謹慎，深信功效必會顯現；有一陣子，我就常常用這種方式來抗我的濕疹。

羊帶來（Xanthium strumarium L.），顧名思義是羊帶來的，果實上有倒鉤，鉤在人畜身上到處散播，「羊帶來」是菊科蒼耳屬草本植物，又稱爲蒼耳。羊帶來可以長很高，超過一公尺，白色短毛密布整株，葉互生，卵狀三角形，有不規則鋸齒緣，花爲頭狀花序，果實是長橢圓形瘦果，在秋冬季時成熟，具有多數鉤刺，藉以附著人、動物身上，散布種子。人們經過它身邊時，厚重的秋冬衣褲不小心沾黏上了種子，有時到了第二年才發現衣服上留有前一年的羊帶來種子。

在大島上，有手作達人將羊帶來的葉子及果實曬乾磨碎，加入手工皂中，可以洗臉及淨身，達人循著祖先的經驗及智慧，將羊帶來有消炎止癢的功效，加入日常清潔保養品中。

曾經，小島上滿山遍野的羊帶來，如今，遍尋不著它的蹤跡，一個物種在一個地方消失的如此徹底，想問怎麼了？現在小島上的野生植物除了五節芒就是大花咸豐草最蓬勃了，而生物多樣性的時代似乎也越走越遠。

羊帶來的福州語叫做「咩咪key」，是可愛的語言巧合，讓人會心一笑，像是羊是關鍵，羊來了它就長成了。小島上已很久沒人養羊了，早期軍管時代嚴格規定不准養羊，緣自小島上沒有高大林木，只有低矮的草被植物，「造林」是重要的軍民工作，而野放的羊會吃掉樹苗，從此，羊在小島上消失了。

羊不見了，「羊帶來」也不見了。

去年收到一包「羊帶來」的種子，褐色的種子模樣很是可愛。我問朋友如何播種？她說：「隨便丟哇！它是野草。」我仍不敢大意，準備了育苗盆，依據播種育苗原則，播下了希望的種子，願春暖花開時，院子裡會有它的身影，我正期待著……。

羊帶來
是羊帶來的植物，
也名蒼耳。
是不太像菊科植物
的植物。
我們叫它「咩咪key」
如是
羊是它長成的關鍵！
成熟的種子

陳翠玲手繪羊帶來（上）

14

那一棵，刺裸實不見了

在「燕秀潮音」的步道上有一棵刺裸實，它在那裡很久很久了，上個月一個很愛植物的臺北友人來小島，去燕秀潮音走一圈後，回來跟我說，步道旁大石頭邊邊的那棵刺裸實不見了，不知道是不是做了新步道，被水泥埋進去或者……怎麼了……它不見了！

這棵刺裸實，多年前帶學生做生態踏查時，它就在那裡了，它是我們植物普查中重要的指標物種，其實，它應該更早以前就生活在這裡了，每次去燕秀步道走走，也總是關注它好不好？在這之前它一直都很好！它眞的很好、很美，有綠綠的葉精緻小巧，白色小花五瓣裂開，有紅紅愛心型果實，讓人不禁讚嘆造物者的神奇。衛矛科的它也是中藥中的北杜仲，新芽頂梢成針刺狀，分枝多，它喜生長在海岸衝風處，整株成枝蔓狀，匍匐在地，枝條就蔓上邊邊的大石頭，棘刺佈滿全株，尤其新芽上的刺特別的銳利很扎人手。

有一次，全校去「燕秀」遠足，我們就站在這棵刺裸實身旁或坐在大石頭上拍照，我的植物誌裡都還夾著它的葉片，通常我不主動告訴人們某種植物的藥性，原因是成爲中藥的植物被一知半解的人們採光，卻不知如何吃？或吃了是否有效？眞苦了無辜的植物，而毀滅一種生物卻是我們人類最拿手的。它也是栽植成盆景最佳樹種，盆景藝術是在方寸盆中窺見大自然的美，但我仍覺得很不自然，無法收錄在個人具有美的代表中。

《勇氣》這繪本中，說到勇氣有很多種，其

陳翠玲手繪刺裸實

中有一頁說到「勇氣，是讚美花，卻不摘下花。」我自首這是我最沒勇氣的地方，見到遍地的野花總想摘下它，讓視覺及芳香延續到家裡！我想我只是屬於小罪小惡，因爲我懂得生態中的適量採集及繁殖法。小島上有許多珍奇及保育類的植物，需要多一些關愛的眼神。我常想起一段往事，每次想起都覺得冒汗，一位很懂植物的人來到小島，問我小島上的紅花石蒜都長在哪兒？我將平日的觀察告訴他，彰顯自己的專業。後來，聽說他挖了好幾箱的紅花石蒜種球帶走，這件事讓我照見自己的愚蠢和無知。現在，我是否也有「勇氣」來阻止這類似的事呢？

「燕秀潮音」景點，是我喜歡的地方，我會推薦給喜歡植物的人去走走，「燕秀」這名字令人覺得清新，尤其「秀」字雖然是因爲燕「巢」的閩東語相似音而來，但望字生出的「義」及「意」卻特別喜歡。「秀」的意思，有植物吐穗開花之意，我們國小同學裡有人叫「秀玉」、「秀蓮」和「秀華」，而「秀華」卻是魁梧大漢子，他的身上配得上「秀」這字的就屬他寫的字，寫著一手秀麗端莊靜雅的字，與他的豪氣及江湖味一點兒也不搭嘎。

「燕秀」步道上的特有植物，近幾年凋零許多，那棵蔓在大石頭上，珍稀的刺裸實也已榮景不再，被刺裸實蔓過的大石頭，現在不知是否會覺得孤單？

不能陪伴到海枯石爛，只徒留海潮的鏗鏘及石頭的頑固了。

15 ≫

海桐結實，最熱情的種子

九月的海桐最熱情，此時正爆開果莢三裂瓣開露出種子，熱情的不只是紅通通的顏色，還有種子身上裹著的黏液。海桐被票選爲縣樹，最大的原因是它耐寒耐旱耐風，當東北季風吹過，小島一片蕭瑟，唯有海桐的常綠特質，展現了堅韌生命力，每年四、五月爲開花期，數十朵白色小花簇生枝頭，總是在你不經意的時候，聞到了一股清香，尤其又摻雜一點點茶香，每每聞之都令人心曠神怡。

青春年少時，從學校畢業回鄉第一份工作便在苗圃，育出的苗木用來美化小島。那時，苗圃有一位元老，一九四九年從中國大陸來到了臺灣，准尉退伍後來到北竿，最後落腳東引，一直在小島苗圃工作，彷彿有了苗圃就有他了，而我們成了忘年之交，我跟著其他同事叫他張先生，張先生操著一口濃重湖南口音，但我很快就能聽懂他說什麼，或許是我們共同的興趣，都愛種花花草草。

小島東北季風強勁，在苗圃工作那幾年，發現海桐在島上長得很好，冬天的風及溫度讓島上其他植物蕭條凋零，而它的綠意未曾稍減，於是乎，我們幾個工作夥伴，分頭去採海桐種子，海桐採種很容易，屬於灌木樹形不高的海桐，果實就長在枝條頂稍，我們將採下的整顆果莢放在盆子裡，但接下來的工作就比較難了，急性子的張先生總是受不了海桐種子上的黏液，他用沙拉脫泡洗，想洗掉種子身上的黏液，也想把每一顆種子分開，但效果不大，從採種到播種最辛苦的卻是從手上擺脫種子。

張先生住在苗圃宿舍裡，在苗圃旁空地上養幾隻雞，雨天時我們最清閒，這一天，張先生要殺一隻雞給我們打打牙祭，他叫我一手抓住雞的雙腳，另一手抓住雙翅，頭下腳上懸著，而他左手抓住雞脖子，另一手用力拔脖子上的毛，露出了雞皮疙瘩的皮，張先生拿起磨好的刀朝脖子一割，血就滴進裝有鹽水的碗，我不忍看將頭撇往一邊，聽到張先生說「好了」，我就將雞丟入盆裡速速起身走開，張先生也起身去拿他燒好的開水，準備淋在雞身上方便拔毛，這時，我便聽到雞發出漏氣的叫聲，回頭一看，天哪！我看到那隻雞正歪著要斷掉的脖子，淌著血在花圃間奔跑，而張先生正氣急敗壞的追著牠跑，這畫面是既驚悚又滑稽。到現在想起來仍會覺得心有戚戚呢。

張先生有一個鍋，長年養著一層油黑亮的垢，午間休息時，他總端出一鍋黑又油亮的大塊肉請我們吃，那大塊肉總是有最肥嫩的三層肉，那是他最愛的食物，如果沒有這道菜，他將食不下嚥，他煮完三層肉後會將剩下的湯汁，放入自己種的青江菜，大火拌一下，不論是肉還是青菜，都是一個味道，我那時稱他爲「張氏滋味」，因爲那個鍋，無論他煮什麼料理都是一個顏色。

在苗圃工作幾年後我轉任教職，我倆的情誼並沒有因此而疏離，婚後另一半也成爲共同好友，有了孩子後，孩子們也親熱著叫張爺爺，我們一家人更是常常拜訪他，一起聊天吃飯。孩子們到現在仍記得每次去看張爺爺時，他總是拿出花生牛奶罐給他們吃的情景。

印象中有幾個畫面總令人難以忘記，張先生是一個老菸槍，常常菸不離手，不論在田裡翻土或在溫室育苗，嘴裡總銜著菸，可以抽到只剩菸屁股仍含在嘴邊，人中常常被薰得黃黃的，食指與中指間也染出黃斑。又有一次全家在傍晚海邊散步，張先生迎面走來，孩子率先叫著：「張爺爺！張爺爺！」我們親切的說著話，分享著現在的節令該培育何種種苗？

接著，我們逕自往我們要走的方向而行，再回頭看張先生一眼，他在夕陽

海桐
当薄霧輕繞山頭
你似雪的花 帶著香氣悄悄開放
九月的你 最熱情 爆裂出的紅籽
向世人表白 你似火的熱情
東北風吹過 萬物將息 你仍挺拔
你已練得一身好功夫
與蕭颯的北風共處
Shannon 2016

陳翠玲手繪海桐

餘暉中形成一個剪影踽踽而行，那身影一直烙印在腦海中。七十而從隨心所欲，不逾矩，爲人豁達、大而化之這種境界是何等自在。

海桐的種子，播種後第二年春天發芽，發芽率很高，發芽時先張開兩片葉子，青翠的葉片中葉脈分別清晰可見，莖桿挺直，在育苗盆裡一株接著一株冒出來，長到一吋高時便可移植到小盆中培育，再過了一年，便可以成爲島上綠美化的主角了，海桐兼具堅韌及香氣芬芳特質，香味不浮誇濃郁，平易近人，曾經有異想天開的念頭，這花若可以煉出精油保存了香氣，便是世上有最高貴典雅香氣了。

兩岸開放，張先生也不回去探親，我對他說：「張先生，您可以回故鄉看看呀！」他總是說：「哎呀！麻煩。」

那一年冬至，消息傳來，他也是不麻煩別人，悄悄地，說走就走。

午後獨自散步，看到海桐樹梢結滿種子，想起許久未想起，我的忘年之交——張先生。

16

黃色的季節

有陽光的秋日，就是要出走，假日散步，在小島可以走多遠呢？從南澳往西引島走，最遠走到三山據點，一路上有陽光、有風，陽光照射下的海面波光淋漓閃著金光，秋風送爽外也帶著寒意。

節氣霜降，小島舖上滿山滿谷的黃，這些都是小島的特有種植物，有黃花磯松、細葉假黃鵪菜、油菊，依序妝點小島風情，它們是多年生植物，以一年中最美麗的金黃姿色，來溫暖必須忍受一季嚴寒的蕞爾島嶼。

這時節是黃色的季節。

氣候如何變遷？已不是我們可以想像！黃花磯松的花期本來是春天，但今年竟發現它加入黃色的冬季盛宴，小黃花從白色花萼中冒出，繖狀花序，花莖從葉基部抽出，再繖成美麗的姿態，花謝後，白色花萼留存不會凋謝，可拿來做乾燥花，東北季風一吹，便自行風乾，乾燥花材插起來非常自然。

細葉假黃鵪菜，屬菊科，花瓣邊緣有細齒流蘇狀，一株可以長成圓圓的一叢，當一叢接著一叢，便可鋪滿小山坡，與送爽的秋風、初冬的暖陽，展現溫暖的小島容顏。

時序立冬持續登場的是油菊，說到油菊，有一個可愛的故事，我每次講完這故事，總有人哈哈大笑，所以，我覺得它是笑話了。我再來說一說。

「油菊開了沒？」

兒子在讀小學時，一個假日的早上，我在廚房忙著做羹湯，聽到爸爸叫著兒子說：「我們出去走走吧！」我心裡想著：「這時節應是油菊開得滿山遍野的時候呀！」眞羨慕他們可以出去看花。等到他們倆回來，兒子一推門，我就急著問：「兒子，油菊開了沒？」兒子看了我一眼說：「郵局有沒有開，我沒注意，但是今天是星期天。」

一位喜愛生態攝影的記者說：「美麗的定義若包含碩大的話，東引此時此刻猶如燎原之姿佔據山野的油菊，應該可以稱得上是小島一年中最美麗的風景。在四季登場的植物裡，油菊是最難以捕抓的自然景觀，弱水三千，獨賞其一，埋沒了油菊對抗季風、猶要滿佈山野的壯闊氣勢；採廣角之姿，油菊的清雅脫俗，又不能得到彰顯。」

金色海岸（陳其敏／攝）

在小島，油菊很少拿來曬成菊花茶，原因是小島溼氣重，保存不易，若要品嘗，少量烘乾現泡，香氣撲鼻滋味甘醇，一朵花有二至三星期壽命，適合瓶插觀賞。花開如錦繡的油菊，除了花期長，繁殖力也強，曾嘗試種植庭院中，總是患蟲害，幾次後便作罷。但在短草坡上，油菊細細的種子隨風飄揚，天邊海角一落腳，待春暖便發芽，於是小島遍地輝煌璀璨，身在其中幸福感油然而生，而這黃是足以溫暖人心。

冬日賞菊有唐代詩人元稹「不是花中偏愛菊，此花開盡更無花」之情，百花盡謝，唯有菊花能凌風霜而不凋。這季節的開花植物生命力強韌，顯得人的脆弱，走在開滿油菊的黃金海岸，油菊絕對是會讓人想念：想起孩子的童言童語；想起喜歡生態的好友，初相識時為她介紹小島植物，我說：「到了立冬，這裡會開油菊，那裡也會開油菊。」她心裡卻想：「荒郊野地開那麼多家郵局？」想起一位長輩第一次來小島就愛上小島，想在生命的最後時光重回小島，於是，我們有約，約在油菊花開時，而他卻沒能等到這天。

油菊開了！

想起往事，心如冬陽，野花黃。

17 草木物語

去歲春假，惦記著要去臺大校園看正處於花期的流蘇花，想像一樹的白花如流蘇、如垂簾披在濃密的綠葉上，必得親臨現場賞花才過癮，對流蘇花偏愛，是源於張愛玲《傾城之戀》中的「白流蘇」，張愛玲是否也喜歡流蘇花？因此將女主角命名爲「白流蘇」？到了臺大校園，卻發現校園因施工，那棵流蘇花被木竿架著，四周路面被挖得坑坑凹凹，另一株流蘇花卻被半高的圍牆擋住，整個視覺及氛圍都不賞心悅目，滿心歡喜去賞花，卻敗興而歸。

回到小島，人間四月天是個潮濕天，空氣中彷彿可以擰出水，教室除濕機裡的水箱，經過一夜早就滿了，提著水箱要去倒水，走到教室前的草皮，將水往一棵樹的基部倒下，然後抬頭，驚覺樹梢有一重一疊的流蘇花，陽光下的白色流蘇花瓣正精神奕奕地開放，就在眼前。有種走過千山萬水，而美景就在你腳下的感覺。

後來，陸續發現校園這兩年的美化中，還種了幾棵臺灣欒樹，去年秋天也見它開花結實，幾年前我曾採臺灣欒樹的種子回小島播種繁殖，臺灣欒樹種子的發芽率極高，長到五、六十公分時，溫度一低、北風一吹，漸漸就不活了。我因此覺得它不適合小島風土，但校園裡的臺灣欒樹卻給了我信心。

寶島暖黃溫紅的十月天，我走在碧潭的陽光橋邊，那一株株的含羞草，健康又飽滿，淺紫紅的花、黑褐帶毛的種夾、含羞閉目的羽葉，一次滿足我的視覺和心靈，於是，蹲下採集種子及希望。記得以前也曾在小島種過含羞草，當冒出第一片羽葉後，小島的溫度讓它再也不能生存了，這回我又一次播下希望的種子，想著那幾棵臺灣欒樹，希望及信心滿滿，但在它張開子葉，要冒出本葉之前，一株株小苗便化成春泥了。

曾經有幾年的時間裡，小島有計畫地種了許多的山櫻花及桃花，要讓小島成爲海上桃花源，剛種的幾年間山櫻花開盈盈、桃花豔豔地開，漸漸地這些樹卻一棵一棵的減少，連小島最溫暖的地方——苗圃的一整片山櫻花如今也沒剩下一棵，而那張太陽鳥與山櫻花的圖，不知會不會成絕響？

每個人心裡都有一畝夢田。

有心人花了財力、人力，要來綠美化小島。

在道路的兩旁種下雍容華貴的玫瑰、盼望八月可以飄香的桂花、在海邊種下有海浪就要配的棕櫚或椰子樹，而它們卻在低溫裡、北風中死亡或正走在死亡的路上。

陳翠玲手繪太陽鳥

小島的氣質，一定有它風土涵養的草木。

這時節，小島上的日本衛矛，它長得可好，常綠的灌木，革質的葉，果實成熟迸出亮橘色假種皮的種子與新芽同時在一棵樹上，我在採種的同時，欣賞了這諸般美好，總是想在播下一顆種子前，它是一棵希望的種子。

草木有情，又何況人。

輯4

小島生態

有一次的大爆量，沿著海邊走，
海上泛著藍光，眼前所見的大海，
像有無數的藍精靈一陣一陣的湧起，
奇幻有如夢境。
但我心中小島有更美、更舒服的景致……。

1 小島有藍眼淚嗎？

這幾年要是有人知道我住在小島，一定會問：妳住的小島有藍眼淚嗎？什麼時候可以看到藍眼淚？我們想去看！接著會說，我們看過藍眼淚的照片，好美。

藍眼淚讓馬祖聲名大噪，幾年前我指導一位學生參加地質公園繪畫比賽，她畫了一張馬祖的藍眼淚，美麗曲折的海岸線配上泛著光的藍眼淚，吸引了評審目光，獲選優等，主辦單位邀請我們師生到臺北領獎，還帶我們參加了南臺灣的地質之旅，從此，我加入了地質公園探索行列，將藍眼淚的資料也稍加整理，變成培訓學生當地質解說員時的解說稿。現在，我回答詢問藍眼淚的問題，也說上這一段……。

根據研究：藍眼淚是一種夜光蟲（渦鞭毛藻），想看到藍眼淚一定得要吹南風，而且要夠強；人說無風不起浪，起浪後才會造成驚擾發出藍光，而數量多時，整片海被染成藍色。藍眼淚從每年四到十月是馬祖季節限定的美景，但就算在這季節裡，也是可遇不可求的。

有藍眼淚可能出現的季節，島上旅客多了起來，一到夜晚爲了未知的美景而躁動不安，一點點的風吹草動，就奔相走告，在寧靜的夜裡，摩托車呼嘯而來，奔馳而去，「追淚人」一整夜在安靜的小島穿梭，追淚到天明。

如果你問我，妳看過眼淚嗎？

有啊！有一次的大爆量，沿著海邊走，海上泛著藍光，眼前所見的大海，像有無數的藍精靈一陣一陣的湧起，奇幻有如夢境，的確讓人興奮不已，在這之前我是不曾見過的。

在這季節，小島上的船家天黑以後，載著一船的「追淚人」，繞著島礁前進穿梭，我站在岸邊，看著小船揚長而去，船尾曳著白色的長浪泛上了藍光，像是染了藍色邊的蕾絲，而耳邊傳來了陣陣的驚呼聲。

沙岸地形的沿岸，若有了藍眼淚，赤腳走在沙灘上或是輕踢海水，藍眼淚就在你腳邊螢螢發光，是很動人的。但岩岸地形的我的小島，親海不是件容易的事，也只能欣賞保持距離的美感。

「追淚人」常常在親眼看過藍眼淚後有些失望，問：爲什麼沒有照片上看的那種藍？是呀，攝影師常常守了一整夜，用上了所有暗夜拍攝技巧，「哎呀！說太多你也不明白啦（哈！我也不太明白）！就是你看了藍眼淚三十秒的量，呈現在一張畫面裡啦。」

每年春季，白天若在海上看到「赤潮」，夜晚看到就是藍眼淚。「赤潮」馬祖人也稱它爲「丁香水」，當看到這種生物大量出現，以它們爲食物的丁香魚群就在附近。赤潮會受到潮汐、海流、風向等因素影響，也可能會被海流帶走，因此白天看到赤潮不代表晚上就一定會看到大量藍眼淚。

一次，聊天中，被島民質疑問道：「難道妳小時候沒見過藍眼淚嗎？」我說：「沒有！我從不知道，海上會發出藍光。」人們有時想要炫耀自己的常識多於其他人，將網路上收集的資料變成自己的親身經驗。依爸如果還在世，一定得問問他：「你以前天未亮就出海捕漁的時候，到底有沒有看過藍眼淚啊？」

現在，爲了看藍眼淚，避免光害要關掉路燈，小島早期戰地緊張時代，實施燈火管制，全島暗懵懵，應是看藍眼淚最佳時期，我的老家面朝大海，夜是那麼的長。爲什麼我都沒看過？也不曾聽說？所以，這也可能是海洋生態警訊，意味海洋環境處於比較不健康的狀況，是嗎？

若再有人問我，妳住的小島有藍眼淚嗎？什麼時候來馬祖可以看到？我除了背出解說稿，還會加上：在我心中小島有更美、更舒服的景致……。

夜晚海邊散步，看滿天星星在眨眼；白天吹吹海風，看野花遍地風姿綽約。

如果旅行只是激情，那在旅途中你或許會忽略了最在地、也最耐人尋味的小島日常。

藍眼淚（林利中／攝）

2 黑尾鷗，資深島民的「雞母」

利奇馬颱風要來了！其實是將要來又還沒來，傍晚，你提議騎車去海邊看看，去看看浪花是不是已經上岸？沿著海邊騎，在東引、西引連堤北面，整座海洋像是一盆要滿出的水，被用力地搖晃著，但又不會濺起浪花，一定是海底暗潮洶湧，海平面卻矜持著平靜，當夕陽金光照著海面，有著幾分不眞實的奇異美感。

車行至連堤南面，一群在小島孵化成長的黑尾鷗幼鳥及幾隻成鳥就停在岸邊，我興奮極了叫你停車！迅速跨下機車抓緊帽子，小心翼翼地走向牠們，而牠們早就驚覺，一哄而散，發出「啊！啊！」叫聲，我抬頭欣賞牠們飛舞姿態，天光雲影襯托著小島嬌客曼妙的身影，置身此間無比愉悅。

而你在背後，留下了這畫面。

小島的資深島民叫黑尾鷗爲「雞母」。「雞母」展開的翅膀長度有鳥身三倍長，飛在空中時鳥形優美練達，但停下來站立時，發現牠肚子圓如母雞，

黑尾鷗每年四、五月就來小島築巢繁殖，到了八、九月便帶著雛鳥一起飛離東引，黑尾鷗的形象很早就被設計在代表小島的標誌上，在小島停留三、四個月時間裡，完成傳宗接代的大事後，瀟灑振翅的飛離。

幾年前到日本北海道旅遊，函館也有許多黑尾鷗，在日本黑尾鷗叫「海貓」，不論是海貓還是「雞母」，可能是因爲黑尾鷗的叫聲吧。我們在函館住的那家民宿，他們的店標記就是隻黑尾鷗，港邊散步黑尾鷗不怕人，等著旅客餵食。

小島上的黑尾鷗與人保持距離，欣賞不互動，大自然中的生物本該有自己的生存節奏吧。

小島上的黑尾鷗（陳其敏／攝）

3

冬日，宅在一座島

「我喜歡宅，喜歡小島的冬天，散步時路上幾乎沒人。」我說。

「妳宅在一座島上啊。」妳說。

立冬後的假日，發現有三隻白額雁，從遙遠的北方，一路向南來到了小島，額頭上接近嘴端之處有一圈白毛是明顯特徵。冬日早上天空陰陰的，三隻白額雁的毛色看起很黑，到了下午毛色在有光線下，看起來呈褐色，當然羽毛上仍有黑色斑點，就在此刻發現，其中一隻白額雁不知去向，是發生意外或是向更南方飛去了？不知道是不是受到排擠了？牠們想要兩人世界？人類的思維常常會框架在其他生物上。

失去蹤影近十天，今早賞鳥人傳來好消息，又是「三鳥行」了，我也莫名開心起來，彷彿聽到我依媽常說的閩東語，「ㄟ仔人來，咩仔人去！」（寧可人來聚，不願人散去）」，小島看起來海闊天空，但很多時候卻是封閉孤寂，不自覺的擔心著「島小、人孤、鳥獸散」。

運動公園裡，白額雁在有著白茅及咸豐草的草坪上駐足流連，時而低頭用粉紅扁長的喙，啄食草地上的草莖及種子，時而仰首闊步，好不瀟灑俐落，與場邊跑道上的跑者，共享著冬日的天地。

假日再去看牠們，除了白額雁外，場邊又多了幾隻小辮鴴，遠從西伯利亞飛來小島過冬的小辮鴴是很容易辨識的鳥，頭上尖尖的髮冠向上翹，像是天線寶寶，天線寶寶一掃描到我接近，便展翅飛離，我仰望牠們，翅膀內側有著黑白色塊羽毛，純粹的黑白，煞是顯眼好看。運動場緊鄰的水庫，更是鴛鴦、綠頭鴨、白冠水雞常蒞臨之處，為冬日的寂寥增添生氣。

一隻大白鷺在下課鐘響起後，直接走進辦公室洗手間，但沒有去洗手跟上廁所（很想笑），有一個班級的師生，瞪大了眼睛觀察牠，大白鷺倒是不慌不忙邁開牠的長腿，開始逛辦公室，走到我的位置繞一下再從側門走出去，我們大大小小一群人，把驚喜跟驚呼都放在心裡，收斂著步伐亦步亦趨地跟著牠，看著牠走向階梯一路向上，這時上課鐘響了，才放棄了跟隨，到了傍晚發現牠在學校水池旁閉目養神，像是你家就是我家般放鬆。

今天朝會升旗後，一位老師興奮地說發現「戴勝」停在牆邊陪著我們唱國歌呢。我看著自己電腦桌面的手繪戴勝鳥圖，依稀可以感受到牠在島上的氣宇，打開羽冠抬起下巴，軒昂的英姿。接著孩子們又發現教室前的楓香樹上掉下一個鳥巢，送來我這兒，鳥巢築得扎實有型，巢中還有一顆鳥蛋，我們便一起把巢安放在「癒花園」，等著母鳥來孵育。

陳翠玲手繪戴勝

宅在小島上，最常做的事便是散步，腳踏著土地，感受土地的回饋，此時滿山滿谷的油菊最是搶眼，粒粒飽滿的花苞，寒風一吹便吐出鮮黃的層層疊疊舌狀花、管狀花，開成了一朵朵的花，怒放整座島嶼。

往燈塔的石板路旁，有著不少數量的刺裸實，正結著紅色的果實，再仔細看它，藤蔓攀爬在岩石上，全株長滿針刺，葉片深綠厚實，堅挺油亮，植株上有開白色的小花、掛一串串的愛心型紅色果實及張嘴露出種子的果莢，總覺得這冬日怎麼還那麼生氣勃勃呀。

候鳥、野花、冬陽、冷風增添了北境迷人風情。

我可以宅，宅在這座島上。

三隻白額雁（陳其敏／攝）

輯5》

不只是民俗

孤懸海中的小島求神問佛，一年中要拜的有那麼多，無非求個說來容易卻難得的「平安」；小島的「擺暝」，是一年中的大事，大人、小孩都想參與其中。

1

門神

前年，小弟跟我提說，小島上關帝廟及安寧廟的門神已斑駁脫漆，想要重新彩繪，卻找不到人才。我說：「學校的末代替代役語晨可是科班出身的年輕畫家，尤其人物描繪十分傳神，請他彩繪最適合。」就這樣，語晨接下這個任務。

安寧廟建於一九九五年，二十幾年來門神未曾重新彩繪，安寧廟的大門面朝大海，海風海水日夜親吻，於是門上的神一個影也沒有。

語晨問我，可有舊照片參考？正在煩惱時，靈光一現地走到更衣室，打開放有紙本相片的密封箱，打開一本相簿，底下一疊用塑膠袋裝著安寧廟竣工剪綵的照片就在眼前，這感覺太奇妙了，我幾乎要起雞皮疙瘩了！老爸與幾位長官就站在廟前拉著彩帶，門神就在他們身後。

老爸那時任廟產委員會主任委員，記憶中，他一直擔任主任委員直到離世。

語晨繪畫前收集了許多資料，我們多次討論，再加上他獨到的眼光及創意、嫻熟的描繪技巧，於是，兩尊栩栩如生的門神，守候著安寧廟中的老鼠沙大王。

嫁給外子，跟老爸相處了八年。

前陣子，女兒問我說，妳以前跟阿公相處如何？我成爲老爸媳婦八年裡，我從少女變成人妻再成爲母親，一個女人角色變化太大太快，加上工作及學業的壓力，我只能說：「若回到過去，我這媳婦會做得更好，但時光從不會爲誰倒流。」

老爸生前對於宮廟信仰非常的虔誠，家中也另供奉著神像，尤其注重祭拜儀式。有一次祭拜，我弄錯了順序，他便急著大聲說：「妳已拜過幾次了，還搞錯！」我委屈極了，脹紅了臉說：「一年中有那麼多要拜的，我哪記得那麼多？」老爸便不再回話。但我仍認眞地跟著他拜神拜了八年，雖然，我常覺得不知爲何而拜？想想，當時的我也只是想做一個乖順的媳婦。

小島的「擺暝」，是年年大事，大人、小孩都想參與其中，如果我們看的眼光是文化的傳承，心就不會狹隘了。

安寧廟「擺暝」（陳其敏／攝）

2 香爐花

每到年底的藝術課程，我通常會設計春聯及剪花的教學，我有一本剪花教材參考書，是由陳治旭編著，連江縣文化處二〇〇三年出版的《馬祖剪花》。在指導學生年節版畫作品時，書裡的圖樣常常是設計的元素，但這本書歷經兩次教室搬家後就遍尋不著，前陣子，發現作者開了剪花藝術展，想要翻閱此書的欲望愈發強烈，所幸文化處友人協助，再度擁有此書，如獲至寶。

細細讀著書中馬祖依嬤的傳統民間美術，慢慢看著書裡的每一件剪花作品，經過了十幾年，不知道書裡〈剪花阿婆群像〉中的阿婆們是否還在剪花？我最喜歡香爐剪花，而我的剪紙作品，充其量只能說是紙雕，而阿婆們的剪花可是用剪刀剪出來的呢。我依媽也會剪花，而且不打底稿，將紅紙對折，只剪半邊就會出現對稱圖形，灶神牌位上灶公灶嬤的香爐，貼著就是依媽自己剪的香爐花，紅色的剪花再襯一張黃色紙，這就是過年的顏色。

依媽看著我剪的香爐花，就念說大門旁的香爐是依爸在世時，拿了一塊鐵片剪成的，再用水泥糊邊固定在牆上，香爐上的紅漆都脫落了，今年想買一罐紅漆上漆，我說：「要不要把這香爐花貼上去？」她說：「這剪紙，那裡經得起風吹雨打？」也是，那我來畫吧。

我拿來壓克力顏料，其實也只是用了紅色和黃色，這碗形的香爐，上邊有一波一波的曲線，先上一層紅底，乾了之後用鮮黃色細細描繪線條，這線條像是傳統剪花的線條，香爐中央畫鳥頭魚尾的圖騰，再綴上幾朵油菊，彷彿每條曲線都能通往依爸曾經的過往：依爸坐在門前矮牆上，抱著我的兒子、甥子；依爸坐在廳堂的板凳上，戴著老花眼鏡看報；依爸走進了大門，他的背影消失在門後。

我站在門邊畫，小島室外溫度不到十度，風呼呼的吹，不時也飄些細雨。依媽屋裡屋外，走來走去，摘菜、拔蔥一刻也沒閒，還切好薑末，等我畫完要煮蛋酒給我吃，嘴裡絮絮叨叨地說著：「外面好冷，別畫了，這樣就好了。」還能跟路過的人說，「這是我女兒畫的，很漂亮喔。」我只好圓場說，「每個媽媽都覺得自己孩子最棒！」

畫的時候不覺得冷，等完工回到屋內，才直打哆嗦，依媽的油鍋中已爆好薑末，油亮褐色的薑末在鍋邊等待，依媽先用鍋鏟推些薑末在油鍋中間，將蛋打在上面，再用鍋鏟撥些薑末到蛋裡，蛋的上下都沾了薑末，瞇瞇火煎到香、酥、透。三顆香酥透的蛋浮在大半碗新釀的老酒上，每咬下一口，薑和酒的香嗆刺激著味蕾及嗅覺，也安頓了身心靈。

牛年年尾，近百歲的老屋重建落成，全家歡天喜地遷入，小弟也用鐵片剪了個香爐，貼在大門邊，我奉依媽的命畫香爐花，在老宅新厝裡，在這方寸之間，代代傳遞著香火。

老家入厝畫香爐

3 》鄉公所・飯店商行・五府千歲

這幢老鄉公所是樂華村五十一號，大宅坐落高低差處，大門前有水泥灌注的平臺及欄杆，兩側開有階梯，要進入大宅，必須登梯而上，石牆由方正石頭所砌，大宅外觀迄今沒有多大改變。大宅約一九二六年建造，是近百年的老宅，「和平救國軍」盤據東湧島時，這間屋子成為指揮中心，與在地的好勇人士多有衝突，也有不少的人員死傷。

接著，鄉間士紳林文湧在大宅左進處設鹽館，存放醃魚用的粗鹽，正屋做為接待蒞引買魚的商家和賓客之用，一九五六年，羅源縣政府撤銷，東湧島改屬連江縣管轄，並更名東引島，東引鄉公所設於此，開始戰地政務體制。此所歷經四任鄉長，鄉公所於一九七〇年遷居現址中華電信大樓，老宅由鄉親謝瑞仁購得。

謝瑞仁假大宅二樓開「群英」飯店，一樓開設「瑞記」商行，跟夫人林嬌金共同經營飯店及雜貨店，生意風生水起。

劉宏文老師的鉅作《寶姨》，眞實故事裡描寫一九三九年號稱「和平救國軍」的二號大頭張主任，強娶寶姨時，洞房就設在這幢大宅裡。

東引舊鄉公所，照片拍攝於民國五十一年

歲月流轉，近百年的老宅現在不住人卻住著神，供奉「五府千歲」，擺暝的時間是正月十八，正月十八正是島上「十八暝遊燈」，我帶的兒童鑼鼓隊，參加完遶境活動，還要再趕赴這一場「五府千歲」擺暝的敲鑼打鼓「做鬧熱」。

但老宅屋頂已崩坍，猶待公務部門伸出援手，留存下有故事的空間。

輯6

那些人這些人

人生每個階段總會遇見一些人，
我們共同製造回憶然後分手；感傷的是那逝去的。
如果記憶像風，當輕風拂面時，
想起你們就要問一聲：你們好嗎？

1 ≫ 我有畫，鹹味島有酒，你有故事嗎？

這樣的場景，身爲畫者難道會不動容？

新冠肺炎的疫情初爆發期間，少了移動及大型活動辦理時間，多了宅居時間，那期間畫了一些畫，參加了小島《東引味》畫展聯展。畫展地點在鹹味島合作社，開幕那天我在展場守到晚上十點，我對大家說：「我的畫不厲害，但很有故事。」來到會場的觀衆，我便介紹作品的創作理念，每個畫裡故事在我準備之下，說著說著常常自我感覺良好。

夜晚或許適合看畫，那天時間有點晚了，來了兩個女大學生，相談之下知道是趁著暑假來到馬祖打工換宿，趁著休假來到國境之北看看，聽說有畫展便來了。

我指著〈當黃腰柳鷹飛過〉這幅畫說：「這是畫我自己。」她們表情怪異：這眼前的阿桑，怎麼可能是畫中的少女。我看得出她們的疑惑？接著說：「每個女人不管年紀多大，心裡都住著一位少女啦！」接著我們對著畫繼續聊著，聊到母親節時，讓學生送給媽媽們玫瑰花，因爲母親也是女人，收到玫瑰的喜悅一定多於康乃馨，又聊到《天長地久——給美君的信》書中應台陪著失智的母親美君，體悟到是母女可以相約看電影、喝咖啡、爬山看芒草，還可以打電話說「悶」，此刻母親不是只是母親，也是閨密。但美君現在已認不得應台，人生總是不經意的錯過再錯過。說著說著……我看到其中一位女生，她斗大的淚珠從她眼睛傾瀉而下久久不止，這眼前比我家女兒還小的女生，我想過去抱抱她！但她不停掙扎並嬌聲嬌氣的說：「幹嘛啦！我又沒有怎樣？」或許她也有自己的故事，或許只是單純的感動，而我能做的只有請她們喝酒了！

據鹹味島合作社展場夥伴說，畫展期間有一個來島上做工地的小哥，總是在店快打烊的時候，帶著幾分醉意來店裡喝酒，原本的他只喜歡坐在沒有其他客人在旁邊的位子，有一天，他去洗手間經過畫展展間時，發現了我的畫作——〈當黃腰柳鷹飛過〉，之後，就天天都來看這幅畫，並一杯接著一杯喝著威士忌，那一晚，他又來鹹味島合作社報到，拉了一張椅子，獨自坐在畫前，哭了好久好久。不知道我的畫觸動了他什麼樣的心情，身爲創作者看到這張照片，很難不爲之動容。

《東引味》畫展（蔡沛原／攝）

2 ≫

「東引鳥神」林利中

愛拍鳥的人會喊林利中一聲「師父」，大部分的人會叫「中哥」，中哥的爸媽很會生，也很會取名字，中哥有四個兄弟，名字取為利中、利華、利民、利國，「中華民國」的國號變成名字，愛國又好記。我最佩服中哥的地方，是他堅持做一件事，拍鳥一拍就是十幾年，一起拍鳥的人，走著走著便走到其他領域，而他仍堅持紀錄鳥訊，照顧傷鳥，觀察鳥類生態。

中哥的拍鳥紀錄，全國第一筆的有海南藍仙鶲、鴨嘴卷尾、黃腹柳鶯、淡眉柳鶯，馬祖第一筆紀錄的鳥類，卻不勝枚舉，贏得「東引鳥神」的名號，一筆又一筆新發現，也為東引豐富繽紛的鳥類生態做了最好宣傳。

還是「菜鳥」時的林利中，在幾年的時間裡，早餐店一收攤，就背著相機往野外跑，尤其在季節交替時間，目不暇給的飛羽奇觀，催促著林利中不斷累積知識，書上查閱不到的，就上網找或請教同好，就這樣近乎著迷的專注投入，在短短時間內，不但攝影功力大增，辨識野鳥的能力也是迅速累積。

東引雖小，卻是賞鳥的快樂天堂。

我問中哥，我們可以爲鳥類的保育做些什麼？中哥語重心長的說：「我們應該有積極的作爲，讓黑尾鷗回到安東坑道。」中哥今年觀察黑尾鷗大多遷居小紫澳，原因是在安東坑道裡的遊客大聲喧嘩、吹哨子、丟石頭，人爲因素的干擾讓黑尾鷗棄巢而去，希望公務部門能重視生態議題，像放假鳥、播放鳥音、在坑道射口設置玻璃牆等等，讓人爲干擾減到最低，讓黑尾鷗住下來，安心繁衍下一代。除了拍鳥，中哥也開始拍攝及記錄島上的昆蟲，發現了島上有些昆蟲品種特質的獨特性，更期待島上有新物種的紀錄。

拍鳥，花很長的時間等待。

我問中哥，當你在等一隻鳥的時候，都在想什麼呢？中哥說：「我就在觀察鳥兒們的互動、吃的食物、習性及食物鏈，像我觀察到了佛法僧牠不吃蜻蜓，髮冠卷尾就會吃蜻蜓，也吸花蜜，更有趣的是髮冠卷尾會團結合力圍攻鶺鴒科鳥類。」聽中哥津津樂道鳥類的行爲模式，讓人感受到宇宙中有精彩生活的，不只侷限人類。

中哥至今仍覺得東湧運動場下方獨龍潭溼地不見了，讓人惋惜。而幾年過去了，被填掉的獨龍潭仍一片荒蕪，眞令人無言。

林利中（右一）常常帶著鳥友，一起捕捉鳥兒的迷人身影（陳其敏／攝）

中哥自我陶侃說，其實在臉書上貼鳥圖是自找麻煩，對於眾多鳥迷所提的問題，得花很多時間去解答，但想到可以推銷家鄉美景，也常帶著鳥迷一起守候、一起紀錄。「生平無大志，只求平凡，認真工作，開心攝影，珍惜也疼惜我所擁有的一切。」林利中的人生註腳，充滿了知足與適意。

再說，對家鄉表達愛，總得要做些什麼，不是嗎？

3

花布的畫

藍靛的底，藍到幽靜，才在上面開出兩朵牡丹。

這是中國花布裡常見的牡丹，是客家文化中大量用到的圖案，是屬於華人的布，有人喜稱爲「臺灣紅」，花布顏色的設計比重不同，便會打破了色彩的主軸。

這些花布早就被用在斗笠，門簾、被套上，雖然華麗繽紛，但一點也不搶戲。這幅畫的底是三姐夫——蔡大哥生前打好的，他完成的一幅「花布的畫」已送給摯友，想再畫一幅自己留存，但未能完成。蔡大哥離世後，我們家三小姐將他生前用的各種顏料、畫布、畫具全轉送給我，並囑我完成這幅畫。各種媒材顏料多到現在我仍跟學生一起用，有一些顏料的顏色很特別，我很喜歡也佩服蔡大哥的眼光。

畫中兩朵牡丹各有顏色姿態，爲了完成這幅大畫我做了功課，拜訪「中國女紅坊」的陳夫人，也在大稻埕的永樂市場裡，流連再三。我先在筆記本裡設計兩朵不同姿態及顏色的牡丹，再佈局轉移到大畫布上。

復興美工畢業的蔡大哥，退伍後沒多久，在家鄉臺中開起建案設計工作室，接著進軍北京，在中國有許多相知相惜商界、藝文界朋友，欣賞他的獨特及才華，視爲才子。身體微恙後回到新竹定居重拾畫筆，繪畫魂立馬上身，用設計人的思維佈局構圖，作品雅致、意境悠遠。

三小姐說在北京時，跑銀行走三、四小時是很平常的事。蔡大哥的設計創意搏得名聲財富，但背後的生活及現實這一切的張羅，是三小姐拚下來的，過去我們心疼她的辛苦，但也明白辛苦有餘後的愛無限，過去所經歷的一切，也改變了三小姐的生命。

這幅畫中，有大量的留白，藍不見底，蔡大哥用身體的耗損及預支，促使事業的突破、創意的提升。最後，是不是也想傳遞了生命「少即是多」，「淡也是濃」留白哲學，叢花下方些許的落英，是落花也是初開之花。

我能接續蔡大哥未完成的作品，無限榮幸。

第二朵牡丹花設計圖
用墨筆勾勒花邊
橘色細筆及彩色鉛筆
的線條
看起來較清新脫俗
2020/2/11

陳翠玲手繪牡丹

陳翠玲手繪花布的畫

4

帶著東湧陳高上玉山

我的大姐夫，我依媽叫他阿雄，我叫他林大哥。嘉義人，南部鄉間純樸的環境成長，涵養出他敦厚善良的性情。我依媽四個女婿中，他的貼心及服務是我依爸、依媽心目中第一名的女婿，如果阿雄說自己是第二名，應該沒人敢說第一。

在家裡阿雄是型男主廚，拿手菜是新鮮排骨筍湯、炒肥肉筍絲、醃筍絲湯等等……筍筍料理是他最拿手，每次說到筍筍料理有多美味時，我依媽卻是覺得阿雄用「說」的筍料理比較好吃。阿雄老家在阿里山公路旁，海拔約七百米處，我想一定是種滿了竹子，竹筍的料理也應該是想念故鄉的味道吧。

我依媽以前常說：「阿雄什麼都好，最不好的就是喜歡這一味！」但阿雄最近這幾年喜歡上登山，這是他的新嗜好。到花蓮家族旅遊，我帶了他最愛的這一味——東湧陳年高粱請他喝，方瓶的東湧陳高是阿雄認定全世界最好喝的高粱。一向喝酒豪邁的他，竟只喝了方瓶的一格（方瓶設計有四格線）。我知道兩天後他要去登玉山，就說：「林大哥，你帶著這瓶陳高上玉山，跟主峰拍照，如何？」他開心的說：「好呀！」

家族旅遊的第二天清晨，他帶著我們在飯店外圍走一段山路，他遙遙領先，上坡也一逕是大步邁開，把我們姐妹甩在後頭，當日頭升起溫度直飆，才在山頭轉角處見到他回頭向我們走來，他說：「到了軍事營區，我們要回頭走回飯店了。」我說：「剛剛問路，如果再走下去，就要走到奇萊峰了。」

阿雄常常說自己跟依爸最要好，依爸去臺灣，他總是當司機，這司機從不遲到，隨傳隨到服務周到，還貼心陪喝酒，很得依爸歡心！

阿雄的政治意識形態跟我爸迥異。我依爸在小島生活一輩子，絕對的藍是不容質疑的，但在我依爸過世後十年的今天，阿雄仍沾沾自喜地說：「依爸跟我說，當初民進黨一位候選人在小島曾獲得七張選票，其中一票就是他投的。」我們覺得很好笑，我想阿雄得意的是：就像他自己說的，「依爸是我的好朋友。」這就是阿雄。

阿雄跟東湧陳高在玉山

這幾天，我依媽到他家住，阿雄又是一個專職司機了，不但帶著依媽出去走走逛逛，一定又開始張羅吃的了，前幾天殺了一隻大石斑，搬出各式料理，我想其中一定少不了筍筍料理。

一個東引女婿對東引陳高情有獨鍾，最適合代言，東湧陳高有多好喝？喜歡這一味的人會說：「喝過了東湧陳高，沒有人不愛的。」在小島特別的風、土、水釀的酒，有自然的香氣及口感，絕對是好酒。再說「人生苦短，不喝爛酒！」東湧陳高應該就是你唯一的選擇。乾杯！

阿雄這次登山的願望是要把老婆的家鄉——東引島最甘醇的美酒，送上玉山主峰，在海拔高三九五二米處，享受著登峰造極的酣暢滋味。

5

十五歲就出發

十五歲的姐姐，明天要開一個人的攝影展，姐姐一直是她嘴裡「老頭子」鏡頭下的最佳model，明天的展卻是她透過鏡頭看世界，先祝福我們家的姐姐，展出成功！

姐姐一生下來，皮膚雪白、一雙大眼睛骨碌骨碌地，不會說話時，情緒透過大眼睛傳達，學會說話後，喜歡說話表達，喜歡與人互動，我常說：我們來選縣長吧。

在大部分時間只有兩個人的班級裡，像一個小管家，在全校學生活動裡是個總管家，當管家不容易，眼睛一瞪小屁男會乖乖聽話，在國小階段裡有人暗地裡叫她爲「滅絕師太」！

小一開始學獨輪車，她便身不離車，在百年老宅狹小的空間裡，坐在獨輪車上，單輪便是她的腳，隨時動身、即刻轉身，又輕巧漂亮下車。等大一點，學會騎高輪車，兩條長腿踏在高輪踏板上，緩緩起身，不慌不忙，像一個女王出巡，吸引著眾人的目光。

等姐姐再大一點，我們最多的交集是說依嬷好笑的事。一次，她說：「姑姑妳這樣子，跟依嬷一樣，很緊張又不知道在堅持什麼？會很累！」我回她說：「我不會，我有念書！」隔天，換我對她說：「妳這樣緊張的樣子，小心跟依嬷一樣！」她竟也回我說：「我不會，我有念書！」還有她叫「依嬷」的聲音，特別Q彈有韻味，難怪依嬷要送「重金」當作十五歲要出發的禮物。

展間有幾幅紅花石蒜攝影作品，紅花石蒜在九月開花，小島上的學子，十五歲後離開家求學，這似煙火艷紅的花是帶著祝福，雖然有一點點不捨，但有更多的是勇氣及期待，這是我想給小島上的紅花石蒜新的定義。

今天，老頭子跟我說：「我喜歡姐姐，她很有主見，也會勇敢表達出來，這點比妳這姑姑強多了。」

今後，不管會不會持續攝影，或者喜歡上任何領域，要向夢想靠近並好好

地展現自己。

這個老頭子，她的姑丈說：「我拍了無數的照片卻沒開過攝影展，而妳倒是先開展了。」

6

《寶姨》閩東音樂劇

首次看《寶姨》音樂劇是在小島，音樂劇首演選擇東引，是因爲《寶姨》的故事是發源於東引小島。

東引以前叫東湧山，有時仍聽到老人家說：「東引山」，平話中「引」的發音跟「湧」是很接近的。

首演時，帶我依媽去看戲，「儂家妝俊俊，去看戲」，燈光一暗一亮，開場了。我眼睛盯著臺上看，依媽就在我耳邊嘀咕她的小劇場。

依媽說：「她叫寶英嗎？我記得她小名叫『依蕊』，是因爲她長得像一朵飽滿即將盛開的花，是如此地美。」接著又說，「那個軍頭張主任搶婚，依蕊的爸媽心肝都裂喔！不甘她在正値青春年華，讓一個老男人糟蹋，甚至，想要在她出嫁的前一晚，用鴉片水毒死依蕊（當然，沒有！不然就沒戲了）。」寶姨十六歲嫁給「和平救國軍」的張主任，那時，據我依媽說她自己九歲，她印象中的這些往事，不斷在我耳邊播放。我看著臺上的劇，同時聽著依媽說的劇，劇情交叉重疊，感覺那些離我是那麼近，又那麼遠。

女人的美是天生？可以長久嗎？每個人不是都會變老變醜，我想，寶姨的美絕不只有外表美，而是在一襲優雅的旗袍下，藏著曾經走過的路，受過的苦，愛過的人，那是歲月淬煉下的堅毅美。我的國中小同學小雲（飾演中年寶姨）出場時，穿著繡有華美絢爛的大朵罌粟花，開在如棋盤的黑白線條上的旗袍，也真美！她在臺上哭，我在臺下哭，像是翻開一本記憶大書，在淚眼婆娑中，是那麼的熟悉，又那麼的陌生。在晃悠的歲月裡，頗有：「姐，演的不是戲，是人生！」

再又去看《寶姨》音樂劇，是東引小島上旅居臺北及桃園的同窗好友，相約一起去看小雲同學，看東引人演東引的故事。在看戲之前，再次拜讀劉宏文老師的《寶姨》原著，對老師寫故事的功力仍感佩服，文字的深度及溫度，都恰到好處。曾經聽宏文老師用「平話」念完整篇《寶姨》，而其中用「平話」罵人的粗魯語言，老師讀起來，卻也有一股文氣。

已故詩人洛夫在《唐詩解構》中說：

孩子，別說不認識我
這鄉音

是我守護了一輩子的胎記。

是呀！我們是背著馬祖鄉音胎記，四處遊走的人！同窗好友一行人，浩浩蕩蕩到桃園展演廳前，聽見、看見更多有著鄉音胎記的人，聽到大家大聲的說：「這是一部用馬祖話演出的劇喔。」

音樂劇中「阿秋」角色安排，無論如何文字的敘述是接近平面，而劇場是立體的，在原著中許多要傳達的訊息藉由「阿秋」這號甘草人物讓劇情立體，而「阿秋」的癡情及逗趣，也增添了戲劇的趣味。「阿秋」也像電影《那些年，我們一起追的女孩》中「每位男生心目中都有一位沈佳宜」的「每一位男生」，而寶姨也是「沈佳宜」呢！

《寶姨》音樂劇中的音樂，每一首我都喜歡。音樂裡有故事，故事裡有音樂，傳遞著故事的生命層次，或許是那些音樂的折疊倒影，有如隱喻的現實人生，能讓人深深的著迷及感動吧。

藝術，可以穿越時空，打破語言隔閡。這真實故事，結合文學、戲劇、音樂、舞蹈，表達了人與人之間細膩的情感及往昔艱難而又酸甘甜的時光。

7 ≫

勇敢豁達的姜秀貞

姜秀貞阿婆，獨居，民國二十二年生。

一天中午去阿婆家跟她約下午三點聊聊天，她很高興。

當我出現在她家門口時，她一臉倦意說：「等人也氣虧！我剛剛回絕王老先生的痲將邀約，就一直等妳。」我充滿歉意，拿高手上的拿鐵說：「我去買咖啡給妳喝！」她開心的笑了起來。

阿婆說，她從六歲就送到福建寧德四礵島的北礵當童養媳，對於親生父母一點印象也沒有，但知道本家姓林，養父母家姓姜，從此跟著養父姓，卻沒有成爲姜家人，只是帶著「姜」姓，從六歲到十八歲童養媳的歲月裡，阿婆皺著眉頭說：「那個苦呀！想起來都還會鼻頭酸呢！白天去田裡種地瓜、撿柴，晚上採鴉片，十二年童養媳的勞動歲月，在山裡砍柴，在海邊討礫，被養父母打罵虐待，做事做半死，但只能吃生蟲的番薯籤，蛆在番薯籤裡蠕動呀！但肚子餓也得要煮來吃。」

一九五三年，國共戰亂時期，炸彈就掉在養父母家，結束童養媳苦難的日子，炸彈炸死了養父母家兩個人，其中一人是阿婆要嫁的男人，阿婆的右腳腿側邊也被子彈貫穿，所幸沒傷到骨頭，清傷口時，紗布從大腿前頭塞進去後頭拉出，阿婆說痛得不得了！同時叫我摸摸她大腿，並說：「妳看，現在大腿仍凹進去少一塊肉呢！」所幸，部隊裡有一位科長叫陳直直，他看當時的阿婆受傷可憐，又無依無靠，就帶著阿婆隨部隊移防到西莒，在西莒待了

兩個月，又隨軍隊移防到了金門，認識了老兵潘榮輝（我們叫他依輝伯），兩人就向祖先上個香，辦了兩桌喜酒宴客。

我叫了出來說：「眞的是姻緣天注定！」阿婆的養兄本來要成爲她的先

生，因戰亂失去性命，戰爭緣分，讓人聚在一起，於金門相見後，走入婚姻家庭，無論背景、身世在烽火連天中與另一半相遇相守相濡以沫。

一九五八年，八二三砲戰，全家又遷居臺灣土城，這樣流離顛沛的生活，阿婆只記得「窮，眞是窮怕了！」一九六一年，在臺北巧遇當年依輝伯的軍中同袍「大弟伯」，就舉家遷來東引小島居住，在同袍接濟下花了五千元，買下現在的房子，阿婆說，所謂的房子也只是有四根柱子支撐起的草寮，艱辛窮困時代，能有地方落角，也覺得很幸運。阿婆與依輝伯育有二子五女，其中，在臺灣生的兩個女兒因無法養育，便送人扶養，至今也未曾謀面，我問阿婆有想去找他們嗎？阿婆說：「我不認識字，寸步難行呀！」

依輝伯在一九八一年時便離開阿婆在臺灣居住，兩岸開放後回彼岸老家居住。從此聚少離多，直到一九九八年依輝伯離世爲止，我問阿婆依輝伯是怎樣的一個人？她回說：「他是一個沉默、脾氣好的人。」她的話語到此畫下句點。

阿婆已獨居三十年，孩子在國中畢業後，都離家、離開小島在臺灣就學就業，也有了自己的家庭。

我問阿婆，在過往的日子裡，什麼時候妳覺得最快樂、最輕鬆呢？阿婆說：「是現在，現在最舒服，日子淡淡的，雖然有一點點孤單。」我又追問：「那您會想小孩嗎？」阿婆回我：「有呀，但想半天，也是空的。」我心裡想著阿婆眞是一個獨立的女人，坦然面對自己，即時有缺口，無爭亦無憂。她早已明白，家人相聚是短暫的，但感情卻可天長地久。

阿婆的大女兒每天都打電話來給阿婆，我說比我還棒，我的娘家住得近，都沒有每天去看媽媽呢？阿婆也只是淡淡地笑笑，我想到了阿婆這把年紀，或許已明白淡才是最濃的滋味吧！但阿婆在此時說了一句「啼罵句」——「菅心有話無人說，苦瓜白苦自皺眉。」彷彿千言萬語也只能化做如詩的篇章。

我翻著阿婆的黑白舊照片，發現年輕時的阿婆幾乎都沒有笑容，下巴抬成一個角度，這角度似乎是對艱困環境不妥協，並堅信苦難一定可以成爲過去。

阿婆說，在這一生中最感念亨裕老闆娘楊翠玉女士對她的照顧，說她是一個眞誠的女人，不道人長短，不惹是非，有守有爲非常明理，「不做巴結上，卡蹓下的事。」希望她好人有好報，並祈禱她身體健康！

跟阿婆聊到最後，她舉起喝完的拿鐵杯說：「吃你一杯茶，心坎結蜀貶（ㄋㄢˋ）；吃妳一杯酒，心坎結蜀鈕。」對於獲得他人的心意，非常感恩。

我聽著阿婆的感恩心情，大笑了起來，阿婆跟著笑，頓時，過去的苦也瞬間，在眼前閃過，化爲烏有。

＊編註：「啼罵句」是福建人及馬祖地區上一輩的婦女，在親人去世停棺在家中期間，每到做七時，便開始撫棺哭泣，口中唸讀福州語的通俗詩句，加上喔～～啊～～的尾音，尾音拉得極長配合著吸氣後，再唸唱下一句，通常是訴說自身的淒涼及對往者的不捨。

8

「中路」的美麗與哀愁

南澳，是東引最大的聚落，超過九成的百姓都居住在這裡。南澳聚落的中央有一條寬敞的路，稱之爲「中路」。要成爲鄉級的行政區，至少要有兩個村，於是，中路也變成了村的分界線，白馬尊王廟這一方爲樂華村，天后宮這一邊爲中柳村，即使門對門日日相見的近鄰，因爲隔著一條街，也沒法成爲同村人。馬祖一澳一村的特性，唯獨在東引南澳是不成立的。

近來，中路的彩色屋躍上國內各大媒體版面，記憶裡中路的光陰故事，也沒來由的湧上心頭。早期的中路，拾階而上，鋪面混雜著不平整的石頭和泥土，還有一條大水溝，後來才加蓋變成水泥路。從南澳碼頭向上走，過了天后宮便是我國中時期最好的同學萍的家，打開記憶大門，萍清湯掛麵走出來，手上拿著香，要我陪她到天后宮上香，才起步突然又停下來說要先洗個手，這樣才對神明尊敬。我幫忙拿著香，看她雙手用美琪香皀搓起泡泡再將手埋入水盆中，來回仔細搓揉後用毛巾擦乾，將手湊近我的鼻子，問我是不是很香？萍對於宗教信仰總是虔誠，即使後來改變了宗教信仰，還是非常的投入。

有堅定信仰是好的，我總是那麼認爲。

我的另一位同學玉，就住在萍的家對面，玉的家人口衆多，至少有八、九口吧！一家人靠做餅維生，每到出爐時間整條街餅香四溢，那個時代，口袋裡沒有錢，只能乾巴巴望著流口水。再拾階而上，那棟最豪華的洋樓，門牌上寫著樂華村三十六號，是我同學惠的老家，他們的依爸手巧，幫人補衣改衫，還兼賣著各式各樣的糖果。大我兩歲的姐姐，帶著我及跟屁蟲小弟，一副久經江湖的大姐頭姿態，當時一塊錢只能買六顆糖果，我姐姐卻能連哄帶騙買到十幾顆。

每年的擺暝是小島最熱鬧的時候，我們小孩每天在中路跑上跑下，趣味無窮。有一次，就在樂華村三十六號旁邊有美人靠的屋子下被迎面而來的孩囝逼到屋角，那時綁著兩條辮子的我，明知道裡面的人是潘姓表哥，但還是嚇得臉色蒼白。孩囝永遠的笑臉對著淚眼汪汪的小女生，這個畫面久據腦海，現在每到遶境、擺暝的慶典時間，都還會想起自己可笑的青澀模樣。

再往上登高一點，又是一棟大宅映現眼前，青葉餐廳、珍膳美餐廳都是從這兒發跡。然而，吸引小孩目光的，是更早之前大宅旁邊的小矮房。那間小屋住著一位賣麥芽糖的老拔拔，是我們小孩子下課後最愛去的地方，老拔拔拉麥芽糖的好手藝，很難讓人忘記。我記得他常常穿著黑大衣，雖然指甲留得很長很黑，但他拉的麥芽糖卻是讓小孩們垂涎三尺，下課後總有一群孩子排隊睜著大眼睛看他從鍋裡拉出麥芽，使勁地摔，拉長，再摔，等變成白色，切成一小顆一小顆，裝在滾成圓筒狀的日曆紙裡賣給我們。老拔拔有個兒子，大家叫他憨仔，沒辦法學習，每天跟著老拔拔過日子，有一次我看見他在大水溝裡不知在找什麼。

中路上的水溝一直通到海邊，我記得溝裡有流動的水，因爲我有一次去「協記大飯店」吃完喜酒，手上打包的菜裡就有一顆炸成金黃皮的平安蛋，一不小心就滾進大水溝裡，我急著想撿回，猛力一跳，從中柳村跳到樂華村，可是起不了任何作用，還是眼睜睜看著我的蛋被汙水沖走了，這對於那艱辛及物資缺乏的時代，一顆遺落的蛋是多麼令人心疼，家裡還有手足等著吃打包的飯菜呢。

貧困的童年時光，一直有中路陪伴著，我在這條街上擺攤賣「蜞」（牡蠣）一年又一年，直到國中畢業離開家求學才停止，那時我們幾個同輩女生一起坐在中柳村石階前叫賣著一碗一碗盛好的「蛶」，路過的士官長、伙房兵是我的常客，有時，對面樂華村的協記大飯店平臺上，站著穿著旗袍的老闆娘會對著我叫：「依妹，包五碗『蛶』拿過來。」因而，每次我總是第一個把「蛶」賣完的女生，當收拾盆子及碗站起來離開時，也是一天裡感到最輕鬆，充滿成就感的時刻，總是喜盈盈跑回家邀功。「蛶」，是依媽去海邊挖採的，到海邊挖「蛶」是件辛苦的事，烈日曝曬、海風吹拂，在一整季夏天中，依媽身上總有濃得化不開的「蛶」腥味，我到現在仍不喜歡吃「蛶」，因爲這味道對我來說是辛苦、貧窮的氣味。

中路的黃金時代做大「縕」，漁民捕到的墨魚、帶魚、白力魚、螃蟹等漁獲，肩挑著，一階一階從港口撐到湧泉浴室老屋的「縕」寮，然後在「縕」寮賣魚、分魚、醃魚。另一個傳奇時代則是捕黃魚，馬祖各島的漁民在每年春水進駐小島，人潮紛至沓來，在那個繁忙熱鬧時代，老人家說中路是千人踩萬人踏。曾經的繁華歲月，中路是「長路」，當好景不再，「斷路」（福州語，發音相同）差可比擬，徒留空寂。

小島，離開的人最瀟灑，留下的人卻日日夜夜啃食著石頭屋的滄桑和孤寂。

評論、人云亦云容易，但生活卻不是那麼簡單。中路以前商店林立，是東引最熱鬧的所在，幾番物換星移，如今只留下蕭瑟，人去樓空。舊人走，新人來。這幾年小島多了新住民，出外討生活，總要有屋子遮風雨，於是乎就成了老房子的新房客。面對年邁又不合時宜的老房子，其實不管是在地屋主還是沒有抱著長居的過客，幾乎都是沒有考慮地，用鐵皮取代原有的瓦頂，用水泥糊上斑駁的石牆，就這樣石頭屋不見了，老房子不見了，永遠塵封在逝去歲月裡。

念國中時候，當黎明到來，我背著書包從鑼鈸角走到學校會經過中路，在這裡，我會遇見許多同學、學長、學弟妹，他們和我一樣背著書包，穿著卡其制服，男生三分頭、女生清湯掛麵，我們走著走著走著……走進校門，走出校門，說再見。「人生不相見，動如參與商」，許多同學說再見後，就不曾在這座小島、這條中路上再見過面了。

9

臺灣婆　東引情

有許多臺灣女生嫁到小島，老一輩稱這些小島的媳婦爲「台灣婆」，剛聽到覺得有點沒禮貌及輕浮，但最後她們也稱自己「臺灣婆」，這三個字反而親切了起來。

認識媚姐除了是同住小島，也是因爲她跟我的國小同窗好友小玉、表嫂小足是閨蜜，依年紀媚姐爲大，二姐小玉、小妹小足，我暱稱她們仨爲「三姐妹」，我們常一起吃飯、喝酒及出遊。

故鄉基隆的媚姐，在三十幾年前搭乘軍艦上島，走「中路」一路向上，來到島上的「馨園」卡拉OK駐店，當起了廚娘，煮咖啡、煎牛排、做套餐，日子一久就這樣嫁給了漁兒郎出生的店老闆，如今，他鄉的小島已是故鄉了。

外子與「三姐妹」的互動良好更甚於我，他老是調侃二姐及小妹，有時惹得她們牙癢癢，有時奉承蜜語逗她們敞開心大笑。二姐的草根個性常逼著外子問：「你爲什麼都不調侃大姐，老拿我們開玩笑？」外子卻說：「大姐氣質出衆無可挑剔，她可是我心目中的女神呢。」媚姐最讓人羨慕的是她的天生麗質「吃不胖，喝不醉！」套一句她的臺語俏皮話：「氣死人啊！」

外子就常說媚姐很難聊，她總是安靜的聽著姐妹們說話，只有在喝點酒後會說一下心情，但最常說的話也只是：「平凡就好。」我常覺得媚姐是很不一樣的女性，她不說人長短，對生活也無怨言，總是靜靜的。前陣子，媚姐的大姐突然急病過世，我們感嘆幾個月前還一起出遊，爬上阿里山看日出。她赴臺一陣忙後，回到小島，我們聊了一下，感受媚姐萬般心疼不捨，而感情內斂低調的她，對生命的無常坦然面對，常常對我們說：「不要想太多！」

幾年前，媚姐在學校開設的社區大學上過兩期油畫班，有了一些作品，那時媚姐畫作主題常是可愛的小女生，在雲淡風輕的水畔，或是穿著白紗的芭蕾舞者，畫面總是處理得柔和及光線宜人，像是印象派的竇加作品，把人帶入心曠神怡的境界。

《東引味》畫展裡的作品，是小島的景致，在媚姐畫筆下，無論燈塔、三色岩、藍眼淚、中路都顯得寧靜無聲，只剩色彩訴說心曲。且放下日常的紛紛擾擾，媚姐心中總有一份寧靜，才能畫出這樣的作品。

在分享創作時，有觀者問：「妳這幅畫的畫風跟旁邊那幅不一樣？可以說說看是爲什麼？」媚姐先是笑了一下，說：「畫這幅時沒喝酒，畫那幅有喝酒，所以海上的浪比較澎湃!!」哈哈！這就是媚姐，直率眞誠。

從臺灣來到東引，一住三、四十年，人生中的大事，都跟小島息息相關，
這座小島也是情繫之處啊。
「臺灣婆，東引情」情深意厚。

10》貼著金箔的耶穌像

貼著金箔的耶穌像，這幅作品是上美術所時的作業，修的那門課叫「壁畫」，一聽到要開這門課，就好期待喔。任課教授曾辦過唐卡畫展，第一次上他的課，就被他去西藏取經（向喇嘛學畫唐卡）的故事給吸引住，故事鋪成及轉折都讓大家覺得非要來畫一張唐卡不可，教授要大家準備的媒材中有金箔，有金箔的畫一定是高貴很貴！心中就有一個念頭要創作一幅聖像送給教會的好朋友。

在三十公分見方的木板上，先打幾層底，打底時用粗糙泥灰平塗，待乾後，用細沙紙磨平、磨亮，反覆幾次後才用膠彩顏料或水性顏料作畫。教授看了我選的題材，就問我說妳信教嗎？我說是要送給教會牧師師母的，並補上了一句：「我不認識上帝，但我認識他們。」

教會一家六口來到小島上後，我和這一家子成了好朋友，彼此信任，這麼多年來，有許許多多心事，尤其在教職行政上的困頓及挫折，除了家人，他們永遠是最支持我的人。幾年前，一位家長控訴他家孩子的班導不適任，聯合全班的家長在家長會中，除了要求老師請辭外，也指責我怎麼找這種老師來教學，當時的氛圍讓我也覺得自己不適任了，我感到委屈，還有更大的憤怒，那時剛過完聖誕節，我穿著一件像棉被的大衣，因羞怒我的臉漲得紅紅的，但手腳卻是冷冰冰，心也是。座談會結束後我回到家裡，站在偌大的客廳裡，心中的怒氣讓我沒法坐躺，不知過了多久，家人已睡了一覺醒來，發現我仍站在客廳裡，叫了我一聲，我才從情緒中醒來。

第二天牧師、師母的溫暖不斷送來，一路支持我讓我不孤單，他們常常對我說幫我禱告，每每在工作上意志不堅時，牧師總是說我做得很好，有時，眞的很怕他說我做得很好，好有壓力！像是提醒著我當老師不能怠惰呀。

有一個小孩常常逃家，幾年來行為偏差的離譜，我請牧師幫忙輔導，他犯了錯第一次進到警察所，我們也去了，警察們對他又吼又罵，我心裡很不是滋味，再怎麼樣也不能這樣罵小孩呀。又一次，小孩又逃家了，在這小小的島裡，又是寒假，心想：他不冷？不怕黑？能往那兒去呢？三天後，警察找到他，打電話給我，但進出警察所幾次後，這一次警察對他又吼又罵我有些痲木了，心裡也覺得該罵。我打電話給牧師想告訴他找到孩子了，他第一句話就問：「小孩好嗎？身上衣服夠嗎？」

好多時候，有好多的人、事、物讓我覺得不合理及厭煩，心想以後不要再理會了，但他們總是眞誠。不管何人？何事？何物？都是一樣眞誠對待。我家老爺有一次說，牧師是人格完美的人，唯一的缺點是信了教，我回說：「牧師會告訴你，他這一生最好的事是信了教。」

畫作貼金箔時，不能有一絲絲的風，我關緊門窗，關掉冷氣電扇，屏氣凝神著只怕太大口呼吸金箔破了或飛走了！這時心特別寧靜，用金箔作爲媒材的創作，有一種莊嚴，創作時我的心也是眞誠的。

牧師一家來到小島生活，孩子們在家自學，但選修了學校部分課程，我的美術課他們會準時來教室上課，跟孩子更多了師生之情，家庭生活親密和樂，孩子們雖在家自學但跟學校師生的感情卻一點也沒距離。牧師和師母是學校的志工，牧師從輔導學生、擔任課程講師、參與會議擔任顧問及到府義務維修，做每一件事都稱職，師母每星期三晨間爲學生說故事，風雨無阻。牧師跟師母要把孩子教成好小孩之前，就已經先做了好大人了。

在島上生活七年的一家六口，在教會，養貓、養老鼠、閱讀、自學、種換錦花、分享上帝的祝福及喜樂。

陳翠玲手繪貼著金箔的耶穌像

11 ≫ 黑馬這個人

黑馬是我姐夫，我叫他陳大哥，家住高雄，三十年前他來小島當兵三年，娶走我的二姐華咪，那時我在嘉義念書，假日時，也跟著其他住在高雄的同學，一起搭火車回家。

黑馬年輕時是一位鼓手，常常在中南部各處表演，舉凡賣膏藥、脫衣舞孃秀、婚宴喜慶的野臺戲中都擔任鼓手，甚至也在出殯隊伍中擔任西索米樂手，有才的黑馬娶了最賢的妻後，二人合力組「黑馬康樂隊」名號打響高雄。社會及時代潮流不斷滾動，黑馬康樂隊也一直轉型，現在可以承接大型的音樂會及校園各類成果發表會案子，擔任活動聲、光、音主控的重要角色。黑馬可說是見證了這三十年來，南部一帶娛樂業的發展。

遠在高雄，黑馬一年見不到岳母一次面，但岳母對他讚譽有加，原因是他每次見到岳母總是說：「依媽，妳生得女兒最優秀，妳看華咪有多好哇！又能幹又孝順，嫁給我是我的福氣！」等等話，哪一個岳母可以抵擋這樣的甜言蜜語？幾個女婿裡，他在岳母心目中的地位一直屹立不搖，當然，最重要的是岳母覺得黑馬是值得託付終身的人。

黑馬夫妻生了兩個女兒後，想要生一個兒子，他說兒子要來繼承衣缽的，華咪懷孕時，做了羊膜穿刺，醫生保證是個男的，我說，如果生下來不是男的呢？黑馬說：「那我就放把火把診所燒了！」黑馬康樂隊眞的有傳人，現在小黑馬的專業可不輸老黑馬！

最近幾年，黑馬養起了貓和狗，一隻又一隻的，走失的、流浪的貓都請進家門待爲上賓，見到我時，話題總繞著他的愛貓愛狗。但最近黑馬很鬱卒，因爲他最心愛的豹貓離他而去，不再回來，豹貓體態高貴和豹紋毛色，卻充滿野性。黑馬思思念念他的豹貓，每天夜裡都去找尋牠的蹤跡，發現牠常常會到隔壁街一戶人家空地旁覓食，於是他送禮物及買貓飼料給那戶人家的大嬸，請她幫忙餵食，有幾次豹貓發現黑馬在守候牠，便急著閃開，豹貓的離去讓黑馬傷透了心。他訴說自己的「尋貓血淚史」時，家人及朋友幾乎要笑出來，但都憋住，因爲他是那麼的認眞。我跟他說了一個繪本故事，叫《吃了六頓晚餐的貓》，叫他放心，這隻高貴的豹貓，絕對不會挨餓，而且會有很多人對牠好，就像繪本中的貓一樣，但我想黑馬的傷心是因爲他對豹貓的感情，是「眞心換絕情」呀。

黑馬的朋友阿文說，他會跟黑馬做朋友是因爲他知道，如果哪天他落魄了，黑馬會拿錢寄放在朋友那兒救濟他。

我和孩子們都愛去高雄住幾天，因爲就像黑馬說的，「在高雄沒有距離，也沒有紅綠燈！」但華咪說：「是你開車時，心裡沒有紅綠燈吧！」華咪有時會因爲貓、狗在家大小便，造成氣味不好而念幾句說：「這黑馬哦！」但也僅這一句。

黑馬及黑馬家族生活方式，套一個LINE的貼圖，叫：「很可以！」

12

我們與美的距離

寫了一些關於「中路」的故事後，只能說中路的蕭條滄桑也是一種美。年初，三個年輕的女生來找我討論一件事──想讓「中路變美」，她們在小島長大，也當過我的學生，現在成立工作室，想為家鄉做點事，女生們的規劃設計很有想法，對家鄉環境有感、美的感受及實踐力，讓做老師的我很感動，也願意投入，更何況是要做跟「美」拉近距離的事。

魚露是小魚、小蝦放入陶缸裡，曝曬發酵而成的，所以，魚露店（鹹店）的地坪設計，是將小魚、小蝦、陶缸的意象設計成陶片，只素燒不上釉，素燒的陶片鋪成地坪，除了不會滑，盼能在陶片上留下歲月痕跡，像是刮痕或是溼氣重而長出的苔蘚，感覺跟中路的氛圍比較契合。

讓環境變得更美，一定少不了綠意，女生們希望我來帶著大家種小肉肉盆栽，養植物是我的日常，我更是樂意分享。

剪紙藝術家陳治旭來小島，看了島上自然景觀後讚嘆不已，再回到社區看看，他只說，小島上的居民只要把自己家門口，整理乾淨及美化就好了。是的，我們只要做到「自掃門前雪」，不是太難吧。

但，我們跟「美」的距離有多大？在小島上，常常辦理很多環境美學活動，很多活動辦得如火如荼，有時只留下灰燼，卻還得收拾。曾聽過一場環境宣導的講座，講師直言宣導講座通常並不能改變一個人對環境的思維及慣性，活動眞正會留下些什麼？自覺性的改變思維及行爲模式，我想這才是最珍貴的。

一直很喜歡《花婆婆》這本繪本，傳遞著一個簡單的意念，就是「做一件讓世界更美麗的事。」讓中路走過滄桑變得更美，讓我們與「美」的距離越來越靠近，我想，這是我們師生心裡想要的吧。

天氣晴朗，有陽光，陶片跟小肉肉拼盆在教室草地上曬曬太陽，流蘇也正好開成一樹，摘一小束合影留念。

13

公主徹夜未眠

上個月到南竿大島分享繪本，夜宿大島親身感受了當地的藝文氣息，這是在小島生活的我羨慕的事。南竿有許多藝文講座及音樂會，而最好的是——都免費。

那一夜，我去聽了一場經典歌劇音樂會，唱歌劇的歌手眞是了得，一人的聲音抵過千軍萬馬，又常以萬馬奔騰之勢，一口氣直衝雲霄後還可順勢低迴繚繞，每一首曲子都讓我大聲喝采，用力鼓掌！

〈公主徹夜未眠〉出自於普契尼作品的《杜蘭朵公主》，也在演唱曲目中，這曲子是男主角訴說著杜蘭朵公主要全城人民徹夜不睡，在天亮前替她尋找王子的名字，若無法如期查出，則全城百姓都必須受死。

我有一套世界音樂童話繪本，是臺灣麥克出版社出的。這套書除了繪本之外，還有CD說故事及音樂賞析。在我當僞音樂老師的那幾年，我最愛用這一套補充教材。其中，《杜蘭朵公主》是我喜歡的一個故事，喜歡的原因也許是義大利歌劇卻寫中國故事，內容是北京城裡跋扈的美豔公主——杜蘭朵，考驗著無數國家的王子，讓每一個愛慕她的王子用生命來賭她的終身。

最後，終於出現了每個女孩心目中的白馬王子，他的名字叫「卡拉富」，

「卡拉富」用愛及智慧融化了公主的心。整齣戲中一直重複中國名曲「茉莉花」當背景的配樂，當聆聽時，感覺會把你跟這陌生的藝術表演拉得很靠近。繪本中杜蘭朵公主的造型是京戲「旦」的造型，三位「淨」造型的大臣叫平、澎、龐，每一次他們一出場，那背景音樂就有乒乒砰砰乒乓的中國古板樂器聲音，亦如他們名字的諧音。

記得，女兒在小六時，他們的班導是一位喜歡美術、語文的纖纖女子，爲他們排的一齣「杜蘭朵搞笑劇」，「卡拉富」王子頭上貼有一張卡啦雞腿堡的照片，在搞笑劇中叫「卡啦雞腿堡」王子，鬧劇的結局，依然是在「愛」中，說明了，不論從哪裡開始，都在「愛」中結束，人生才圓滿。

冬日，小島生活寂寂寥寥，但可瀟瀟灑灑，讀書、聽音樂，也自由自在。

14

記憶像風

國中畢業後到嘉義念書五年，專科畢業後沒有眞正回到嘉義看一看，回嘉義的動機完全是因爲費大哥捎來的訊息，他提到說，他的高中同學要來小島玩，問他說是不是有想要看的或想帶的，費大哥隨口說了，那你去找位叫陳翠玲和「忠義驃悍」的碑座，我在小島上是與「忠義驃悍」的碑齊名嗎？

記憶悠悠回到從前，在嘉農求學期間，有三年與英同租住在費家，費媽媽與湖南籍的費老師生了費大哥、費二哥與費小妹，小妹與我們同年，有時候就是那麼巧，我租住在費媽媽家時，費大哥到小島當兵，成了反共救國軍的一員，第一次到我家依爸招待他吃墨魚吃到滿口黑牙，讓他印象深刻。那時費二哥在臺南唸書，只有假日才偶爾回到家，我喜歡費二哥，記憶中他常常幫我接電話，若我沒接到，他總是細心地描述來電的人聲音特質，提醒我回電話；費小妹是一位上進的好學生，我們的房間只一牆之隔，每一天早晨我都在她收聽ICRT的廣播聲中醒來。

費家後門有一條長長的鐵軌，那時也沒火車經過，我們常常沿著鐵軌走，走到路的盡頭有一攤賣當歸鴨麵線的攤子，我和英常常來吃，尤其是在冬夜裡，彷彿鐵路的盡頭是幸福驛站，被當歸香氣烘得暖暖的！費媽媽是一位綠手指，在院子裡種著各樣的花花草草，英常調侃自己是園藝科的學生還不如費媽媽呢！過去那些種種，促使我越發想念嘉義。

記憶就像小島的風，不時不時便颳起一陣，去電給住高雄的英說，我們來一趟尋找青春的記憶如何？向來隨興的英便說先來高雄計畫計畫再去嘉義，我們約了嘉農同學苗、倩，就這樣在高雄漫遊三天，大家見面時就說話、說話再說話，再見面時就說話、說話又說話！從不停說話中，英說我從青春少女變成一般婦人，而英則是停留在剛畢業時的體態、容顏及生活，歲月似乎並沒有在她身上留下痕跡；苗因著信仰及家庭，思想越發積極正面；而倩是英學生時代的筆記本，每次的大考她總是影印倩的手抄本，倩的筆記本，每每鉅細靡遺寫著老師的每句話及每個重點，更神奇地是每個字都能四平八穩，像是鉛字印下來的。

出發到嘉義前一天，打電話給費媽媽，說話時，不時有尖叫聲，因爲我們興奮過度，約好隔天下午見，並提起五年前因病過世的費二哥，相信時間可以沖淡一切，所以我們平靜的說著。

翌日，一行四人坐上苗的車子直奔嘉義，嘉義！嘉義！我們來了！循著青春的足跡，車子轉入既陌生又熟悉的民生南路巷子，一樣的大門，打開門迎接我們的費媽媽，怎麼都不老呀！我們現在的年紀已超過當初住在費家時費媽媽的年紀了，但時間去哪兒了？除了頭髮稍顯花白，仍精神奕奕，體態更不像古稀之年。

費媽媽說昨晚接了我的電話後，就夢見費二哥了，他就站在遠遠處看著也不說話，對一個母親來說，誰說這樣的傷痛會被沖淡呢？費媽媽說她獨居的生活很自在，常常去做義工，客廳滿是義工服務的認證時數及獎盃說明了她的服務精神。我跟英曾經住過的房間，用過的那張書桌還在房裡的同一位置上，記憶的盒子又慢慢開啓，在這書桌上我翻過花卉學、果樹學、蔬菜學、病蟲害昆蟲學……。

我興奮地打開後門，鐵路還在，只是鋪成了木棧道，這裡依舊那麼美，甚至更美了，費媽媽庭院裡裡外外的花木，都受到極大的關愛，自信的活著。那棵樣仔樹也從我青春年少時就站在這兒，見證著屋子裡的悲歡離合。離開費家時，費媽媽塞了幾顆熟透的樣仔給我，我帶著青春記憶，回味了臺灣芒果眞正的味道。

與英、苗、倩到了分手時，我獨自一人搭乘高鐵北上，而她們要南下回到自己的家，有些不捨、有些感傷，不捨的是在人生的每個階段總會遇見一些人，我們共同製造回憶然後分手；感傷的是那逝去的青春啊。如果記憶像風，當輕風拂面時，想起你們就要問一聲：你們好嗎？

輯7

我思我教

從事教育工作，一直在路上。

島上樣樣資源珍貴，這一路上時而崎嶇、時而平坦，有時，急忙趕路汗流浹背；有時，悠閒散步鳥語花香，不變的是一路上有堅持與真誠相伴。

1

山與海的對話

幾年前，帶著小島上的師生來到紗帽山山腳下的學校交流，我們搭乘午港的臺馬輪，再一路搭乘遊覽車到學校，一下車，便有小孩趴在路邊痛苦的吐了起來，剛剛在基隆港邊吃的便當全都嘔光光。

但一走進校園，大家便興奮不已，因爲你已經將校園裡的溫泉池用帳篷隔了兩大間，一間男生池，一間女生池，接著小孩們迫不急待地衝進溫泉池，拉下簾子，脫光、跳進池裡、尖叫聲、歡笑聲傳出，在棚子的縫隙中看到小孩赤條條的身體，在燈光下晃來晃去，我們也被這景象及聲音感染了，嘴角上開出一朵又一朵的花。

第二天，你帶著我們體驗藍染，你說，「青出於藍，更勝於藍」是出自《荀子．勸學說》，這其中的「青」說的就是「靛藍」，比藍更出色了！接著我認識了「大菁」這種神奇的植物，只看葉子實在很難跟爵床科的植物聯想在一起，但開了花便能分辨。有著深厚文學及美學素養的你，帶著大海的孩子走在山的校園裡，訴說著造型像烏紗帽的山、紅柱白牆青瓦的長廊、每一個轉角的花草蛙蟲、穿堂牆面上的書架，隨時隨地可以閱讀，都令人著迷。

而你在這校園裡，實現了許多的教育理想，設計許多體驗課程，你說學生要走過、看過、有印象就會有感動，才會愛土地、愛環境。你愛學生就像愛自己的孩子，當你帶著學生來到小島，我便知道了。其實，我們從我人生第一個夢（從代課老師變成正式老師，要好好當老師）實現後，就沒再見過面，是這所紗帽山山下的校園，又把我們牽到一起。

我，又來了。在一樣的地方下車，走一段小山路，因爲是暑假，樹蟬的聒噪代替了小孩們的歡笑聲，我突然有種孤單的感覺，雖然，有時候孤單是好的，像是「回頭看看海灘，一個腳印也沒有留下。」是最好的狀態。但回頭細數曾經跟我一起來到這裡的老師及小孩，他們全都離開小島的校園了，而我還在。

你們也先後離開這山裡的校園了。

走進染坊，染缸裡因爲加了糖及酒，氣味讓我好放鬆。出走尋夢的你，曾說過都要五十歲了還有夢，是一件很棒的事。

即將回返續夢的你，知道嗎？校園裡的每一株植物都在引頸企盼，染缸裡的菌也都精神奕奕嗎？

祝福，曾經在校園裡築夢及繼續尋夢的人們。

2 是擱淺的船，還是諾亞方舟

那年年底有繪本作家來學校講學，一群人浩浩蕩蕩逛小島、走校園，延宕工程的新大樓成爲注目的焦點，我介紹著新大樓將成爲日後教學重要的場域。在拆舊大樓蓋新大樓時，有著許多的紛擾，好渴望有個安靜閑適的教與學環境，心中絲絲不滿立刻化爲語言，脫口而出說著：「這棟樓的造型像是一艘擱淺的船」，也像極了我的心情動彈不得，但有一位繪本作家前輩若有所思的說：「他可是諾亞方舟呀！」喔，這話如醍醐灌頂，令我茅塞頓開。人們總將想法鑲在臉上、語言上，我也是。

一九〇一年四月，英輪蘇布輪號航行經過東引外海，滿天大霧、山海難辨，觸礁後便擱淺，歷時半個月之後，人貨均安，才慢慢沉入大海。諾亞方舟是《聖經》〈創世紀〉中的故事，人類及動、植物一同踏上充滿信心、恐懼、勝利、毀滅、希望與苦難的旅程。蘇布輪號最終沉入海底，而諾亞方舟卻帶著希望出航。回想起這棟樓施工的幾年中，工程車頻繁進出校園，我心臟直跳，除了擔心學生安全，對於噪音及雜亂環境難以忍受，常聽見自己不規律的心跳聲，終日心神不寧，期盼早日完工。

新大樓的位置，這棟是第三次高樓起；第一幢樓，我在裡面度過物資貧乏卻精神飽滿的童年；等回到校園任教，第二幢樓已建成，在這棟樓裡，我體認了閱讀及美學在教育上的重要。東引島上步調慢，改變緩，但我心裡卻是那麼急，常常是教之必要、學之必要，從不打不成器到愛的叮嚀，再到善用關愛的眼神；從統一的部編教科書到九年一貫，再到十二年國教，一路我都跟上，教學法改變，價值觀改變，各種議題及宣導活動凌駕於師道之上，無論改變好不好，莫管眾說紛紜，每次都要勇敢投入，《教室裡的春天》到底來了沒？還是只有《寂靜的春天》，要跟上時代腳步要快，教育老派作為浪漫的我，覺得教學基本面要顧，兼職行政也要顧，每天仍還是越來越忙，甚至至盲。有看清楚我們的教育方向在哪裡嗎？還有，翻轉教育是否也翻轉人心了呢？

代表著希望、勇氣及挑戰的諾亞方舟，應是代表著新思維教育已來臨，總是對教育仍有夢，夢想校園裡種有一棵棵的大樹，樹下有朗朗讀書聲，每個小孩都有自信的眼神，引領孩子的我們，能帶著孩子到達他們夢想的地方。

＊編註：《寂靜的春天》作者瑞秋．卡森，指出濫用殺蟲劑的結果，已傷害許多生命、影響了自然生態，如果再不改變，春天將不再鳥語花香，也將毒害人類。這本書促使公眾普遍關注農藥與環境污染，美國政府遂於一九七二年禁止DDT用於農業上。

3

九二八這一天

九二八是教師節，我已經忘了是什麼時候開始不放假的，很多人說著不放假的理由，每一個都很充分。

這一天，我們全校師生加上家長，從幼兒園到九年級，大大小小浩浩蕩蕩一起去遠足，隊伍拖拖拉拉綿延一、兩百公尺，加上潭美颱風的氣流快速流動形成的強風，夾帶著涼意，讓小小孩走起來，直喊著要爸爸媽媽抱抱。

時序秋分，是秋收秋種時節，小島上，換成大花咸豐草恣意生長，它漫過步道只消花一般般的功力，白花中夾雜些紅花的咸豐草，此刻比五節芒還張狂。小孩們摘著種子黏在衣服上當作造型，迎著風奔跑。

在島上生活那麼久，可是第一次進入以前稱為幹訓班的營區，我們要去軍事體驗——打靶，眼前的靶場已經顛覆了我的認知，是一個室內空間，地上鋪著人工草皮，空調的溫度適宜；我們席地而坐，像是坐在家裡地毯般的舒適，穿著軍服的教官站在大影幕前，臉上掛著親切的笑容，解說著射擊的規則，娃娃兵們聽得津津有味，迫不急待地想立刻體驗，當興奮地趴在大軟墊上，擁槍摳快門時，有種體驗線上射擊遊戲的快感。

我走出射擊室，有著時間與空間轉移的錯亂，這是哪裡？我記得以前這個營區，常常會跑出一整個班雄壯威武的軍人，黝黑的膚色帶著嚴肅神情，一次又一次的操練，身體及神情都緊繃著，不論是營區或人都是不可侵犯、不能靠近的禁區。

當時，島上的我們要打靶訓練，頂著烈日在黃土滾滾的地上，扛著步槍爬到打靶區，聽口令！「左線預備～右線預備～開保險～開始射擊～」耳邊傳來的槍聲讓人心驚膽跳，肩膀受步槍的後作力隱隱作痛，而這一切都噤聲忍受著……。

東北風仍繼續吹著，我先戴了布包帽再戴上繡著校徽的迷彩帽，但仍感受到風的威力無所不在，我的頭開始昏了；郊遊遠足還沒結束，國軍歷史文物館（舊名隊史館）前的野餐節奏正要開始，我坐在文物館的欄杆上，啃著廚房阿姨做的飯糰，看著大大小小的孩子興奮地跑來跑去，小小孩的爸爸媽媽跟在後面護著或嬉戲著，這些爸爸媽媽，在我眼中也曾是那個跑來跑去的孩子，時間到哪兒去了？

不一會兒，一個可愛的女生跑向我說，「裡面漂亮的女生是妳喔！」我愣了一下！原來，帶隊老師給孩子們出了一道遊戲題目，要他們找找文物館裡一張照片中的女老師。照片中的我，花樣年華，卻低眉嚴肅、身著迷彩軍服手拉著彩帶，是小島中柱港啓用剪綵典禮，剪綵的人是當時的參謀總長郝柏村。

而我，是歷史照片中的人物了！

教師節不放假，但要慶祝。在風中，孩子們的表演祝賀聲時有時無。

而我的頭仍昏昏的。我領到屆滿二十年的一張獎狀、一個獎盃及獎金。

而這二十年怎麼那麼漫長！其實是有報戶口的二十年，沒報戶口的七、八年。

漫漫長路中，有時荒煙漫草，有時清幽小徑，但都過去了。

而故事，卻還沒結束……。

4 ≫

獨輪車的故事

我來說一個獨輪車的故事。

獨輪車特色課程在小島學校扎根已多年，回想當初，我們想在學校推特色課程，在發想的過程，也徵詢其他老師的意見，阿祺老師說：「我們來推獨輪車！」從此，獨輪車就成爲校園裡的一道風景了。

要推獨輪車課程，除了課程設計理念及學習目標很重要外，另一個關鍵是要會騎、會教；找不到老師來教，讓我們買了一批獨輪車，放在倉庫有半年之久。

終於透過網路，找到宜蘭人文國中小的李來鴛老師，她說可以來教獨輪車。

來鴛老師很酷，留著一頭很長很長的頭髮，放下頭髮時，長度可達大腿，飄逸空靈的形象，實在很難想像她是來教騎獨輪車的。駐校十天，她每天都穿一件長裙，腳踀夾腳拖，一次也沒有騎上獨輪車，就這樣，課程結束時，大半的學生都學會了騎獨輪車。她帶來了三個小教練，小教練聽著她的指揮，帶著學校孩子上車、摔車、再上車，讓學生先學會入門心法是：車可以摔，但人不要跟著摔。

她更有一句名言，我們到現在還謹記著，就是：「要摔一百次以上，才能學會。」她說騎上車要有勇氣、有自信可以學會。不怕摔、不怕難，總有一天會學會，她說的每一句話都對，學校裡的孩子每一個都學會騎獨輪車了。

獨輪車的課程持續著，心裡卻嘀咕著，不能只會騎車而已，如果有人會教小孩特技表演，應該就更棒了。

直到有一天，我看了一部劇情片，片名是《練習曲》，有一個男生騎著長頸獨輪車從山洞口出來，我直覺，就是他！終於有一個機緣，他就來小島上教小孩騎獨輪車，他是倒立先生—黃明正，他來來去去小島有十年之久，除了獨輪車特技，還帶來了「沒有不可能，只要我願意」的心法及如何用自己天賦來成就夢想。

從此之後，孩子口中的明正老師，就成了學會獨輪車的成功指標，小孩會說：「只要明正老師來了，我就會學會騎獨輪車了。」或者說：「我要在明正老師來學校之前，學會獨輪車，才能學更高階的特技。」

就這樣，明正駐校期間，全校師生動員學習及協助教學，在小島服務過的老師也一定還記得：「牽著小島上孩子的手，陪著小孩走過不安、走過顛簸；騎過挫折、騎過失敗，還有聲聲叮嚀及鼓勵，陪著他們踏上那一輪車時，給了他們自信及勇氣。」想來，曾經共同走過那段時光都已經深植在孩子的心中了。現在留在小島的老師，一樣繼續牽著孩子的手，直到他們學會才放手……。

過去那些年的獨輪車課程，我是當然的協同教學者，別小看只是扶著小孩騎車，「扶著」也是一門學問。有一次帶著全班路騎，一位小六班女生，個頭跟我差不多，還不能自行上車（須扶著人或牆、拉桿上車），她跳下車必須再上車，我就扶著她上車，她一個重心不穩，腳只踏到一邊的踏板，另一邊的踏板往後打到我的小腿，那痛，通往腦門、直達心扉、接通淚腺，但我也只是快快收拾情緒，跨步跟上她的速度，而那一大塊瘀青在小腿上留了許久，才褪去。

有一年，我們帶著學生城鄉交流，也帶著獨輪車，每個孩子帶著一個背包、一輛獨輪車，從東引搭大船到南竿，搭著小船從南竿到北竿，再從白沙碼頭騎著獨輪車到坂里國小交流，第二天再帶著獨輪車搭小船由北竿到南竿，再接大船回到小島。

我們車隊也參與了幾次的大型表演，每一次的演出，每個孩子都卯足勁練習，完美演出的支撐力量是平日不斷的練習及付出時間，當一輪代替了雙腳，便能自由穿梭、隨心所能。轉圈勾手、定輪、倒退、自行上車下車，牽手、勾肩搭背，技術流暢生動，而臉上流露著自信與驕傲，有著彩虹般的美麗。

看到這裡，你可能想說，「請問，妳會騎獨輪車嗎？」我……我……，不會，但我會說，我也是穿著長裙跟夾腳拖，教會小孩騎獨輪車。

小孩學騎獨輪車，有的人學得快，有的人學得慢，只要不放棄最後都能學會。這些年，從小島走出去的孩子，應該沒有人不會騎獨輪車吧。但大人學，就不一定了。校園裡真正學會騎獨輪車的，也只有阿祺老師和毛毛老師，後無來者，他們眞是叫人刮目相看，但也期待著有另一個大人出現。

有一個小孩，不得不服他，他學得快，第二天就可以騎上獨輪車上坡下坡的，這就是天賦。還有一個小孩，藝高人膽大，天生就是來當主角的，在團隊練習時，總是無法好好跟人合作，但每次獨秀時總是華麗登場，吸引著衆人的目光。絕大部分的小孩，都是循序漸進學會騎獨輪車，知道在團隊中必須收斂自己步伐，或隨著隊伍前面的人亦步亦趨，而這大部分的孩子才是表演的核心人物。當老師的總是知道「要先了解學生，才能教他。」把握住了學生特質，加上適時的讚美與鼓勵，每個孩子的潛力都是可以被開發的。

在學校推特色課程很辛苦，但很喜歡，因爲我知道那是有意義的課程。喜歡教與學是全體一起完成的，那種滿足感像是馬斯洛需求理論中說：「在人自我實現的創造性過程中，產生出一種所謂的『高峰體驗』的情感，這個時候是人處於最激盪人心的時刻，是人存在最高、最完美、最和諧的狀態。」

是吧！就這樣，所以，這條路會一直走下去……。

5 運動會還沒結束卻必須離開球場

運動會還沒結束，但我們必須離開球場，因爲我們住在東引。

梅姬颱風來攪局，早上的縣運會田徑賽事比到十點，有機會奪牌的孩子留下，搭乘明天的直升機回家，其他的孩子就趕十點的臺馬輪回東引。在這小島住久的人都感受到，我們的生活是跟島上的交通息息相關。

前一晚，孩子們吃完宵夜，老師說明颱風及交通狀況後，問孩子們想留下來的請舉手，大家都舉手了，早上比賽的時候，我看得出來有幾個孩子壓力很大，希望有好名次進入決賽，但實力眞的不敵他校，最後大部分的孩子都帶回小島了。

在小島學校帶學生到南竿參加比賽是常有的事，出門便是要搭船或直升機，教練及帶隊老師，從出門就跟小選手綁在一起，吃飯、睡覺、比賽加油，沒有賽事時，就陪小孩在飯店餐廳閱讀寫功課，家住南竿的老師通常也過門不入，有親朋好友在南竿的也沒有拜訪見面，總覺得把孩子帶出來，就是要全程陪他們是我們的共識。

但心裡總覺得我們比賽成績可以更好一點，看了別校對於比賽訓練的要求，我們覺得應該要檢討。早上還跟老師開玩笑說，每次輸了比賽，都怒吃便當，所以師生都變胖了！

回到了家，昏睡了一下午，眞的有些累。醒來發現自己覺得要檢討改進的事，變成了便當。孩子將不想吃的留下，變成了吃不飽，家長心疼孩子吃不飽，而要老師檢討。

縣運期間，我每一餐都跟一位小小孩共吃一個便當，有時剛好吃完，有時還有廚餘。每天光是張羅吃的，讓承辦人傷透腦筋，一餐換一家便當或麵食，又要統計一人吃一份或兩人吃一份，還要盯著挑食及吃過多的小孩，爲了不浪費食物，所以訂餐的事變得繁瑣，但大家都願意去做正確的事。

很多孩子對於有些賽事沒有參加到，及提早回家這事有些失落，如果能將化爲更積極正面的話，我相信會更好。告訴孩子，機會是給做好準備的人。

如果我們實力夠也都做好準備，一定會留下來比賽，即使船停航了，直升機也會帶你回家。

6 自學陶燒

近兩個月的陶藝課程，老師不免有些勒索的語言，常會說：「保持安靜，不要聊天，再吵就不教你捏陶了。」因爲很有效就常用，班級經營及家庭教養中，爲人師及父母的我們，這些勒索語言應該常會在不經意中說出。

學生對於捏陶的熱情及期待，常會在互動中流露，一次，學生推開教室的門，看到滿桌素燒好的作品，便興奮的說：「老師，你燒好了喔。」又問：「那我燒好了沒有？」我覺得有趣，便大笑，回說：「是我們的作品都素燒好了。」

做陶，最難的部分是釉燒，常常是既期待又怕受傷害，明明眼見釉料的顏色是自己喜歡的，但與攝氏一二三〇度的高溫相遇後，產生的火花及色彩，就不是可以想像的，當開窯的一瞬間，不是驚喜就是驚嚇。

燒窯完成後，電窯從攝氏一二三〇度降到一百度溫時是漫長的等待，等低於一百度時，我迫不急待的打開窯門，呼叫學生來看自己的作品，我急著問：「你這顏色眞好看，是上哪幾種釉？」又說：「大家來幫我把作品拿

到櫃子上放，我們再來討論釉顏色的事。」學生拿作品時，都面有難色，嘴裡直喊：「好燙呀！」我說：「哪有燙？你們看我！（手握作品）都不燙！」學生齊聲說：「老師，你有戴手套！」

「筷子陶籠」是仿小島早期廚房餐桌物品「筷子竹籠」，扇形筷子陶籠，正面圖形是馬祖剪花圖～蝶戀花，蝶戀花圖中央下方的盆子上有一顆元寶造型，陶籠分爲兩格，一格放筷子，一格放湯匙，底部穿洞方便排水。長形的筷子陶籠，背後面板上方設計了一個囍字，可以當作嫁妝或新婚禮物，前面鏤空設計方便乾燥餐具。

橫帶條紋石雕及鯷魚是大海給小島的禮物，用這魚形設計了造型陶板，釉燒開窯時，看到類似玉的顏色時，令人又驚又喜，大聲叫出：「哇！燒出了

假（賈）寶玉呀！」

作品的襯布是藍染作品，是為了獨一無二生命個體設計的課程，課程實作備課時，我花了許多時間，連假日也跑來教室實驗，住在小島手作創發課程常常在「自學」中完成，在教學探索中希望也能傳遞自學的精神，染布中的水波紋及雲朵紋，是小島日常景致，而白和藍是常民的顏色。

7 麗莎婆婆

我小時候，「她」就是這樣了，只是，躲在家裡。

當時她面目清秀，有一天我們幾個女同學翻開教科書，看見〈蒙娜麗莎的微笑〉畫作，麗莎淡淡細細的眉毛，眉弓有些高起，眼神朦朧，嘴角揚起似笑非笑，我們幾個女生笑開了懷，叫著說：「怎麼長得那麼像？」

現在，像蒙娜麗莎的「麗莎」，不像畫中的麗莎不老，已經成爲婆婆，「麗莎婆婆」常常在校園裡逛，不論寒暑晨昏，她總是一件大大的青藍色男版夾克，衣襟對摺後，用一條布繩在腰間打個結，長褲寬大，向上捲個幾圈符合她的腿長，腳踏一雙球鞋，一身藍縷，全身充滿綠油精的味道，有時一隻手上勾著一個包袱，另一手雨傘當拐杖，走路時腰桿彎到幾乎九十度，這就是現在的「麗莎婆婆」。

有時，她坐在下操場的護欄邊對著校門口破口大罵，用母語罵髒話，語氣十分激動，但大部分時間都默默的走著或坐著。

有一次，我在教室便能聽到她大聲的說話，像是在罵人，聲音從心裡最底層發出的不平，透過沙啞的聲帶吶喊，非常激動，我聽不清楚她罵了什麼。在麗莎婆婆身前的圍牆邊站著一排低年級的女生，其中有位女生，平常的她就一種成熟善解人意的樣子，我聽到小女生說：「婆婆！妳怎麼了？」這句童稚清純的聲音彷彿有了魔力，在空氣中化做許多溫暖氣息及小天使，「麗莎婆婆」口氣一百八十度轉變，也用溫柔的嗓音，竟對著女孩們說一句：「沒有啊！」便轉頭拄著雨傘緩緩離去。

一定有人會說，怎麼可以讓精神障礙者在校園閒晃，校園安全顧到了嗎？

偶爾學生也會告狀說婆婆用水潑人，或是大聲咆嘯，我總是跟學生解釋婆婆並無惡意，並解釋她生氣罵人總有個對象，或許是曾經對她沒禮貌過的，或是有不屑的動作或眼神的，她就記住了，下回再遇見時，她肯定怒目相向、大聲斥責。只要你先主動有禮貌問好就可以了，之後也真的相安無事。

於是，我見到她時總是親切問候，叫她一聲：「嬸，妳在幹什麼呢？」她也每次總是擠出笑說，「沒事呀！」精神狀況好一些時，她會問我：「要去上課？去呀！快去上課呀！學生等著妳呢！」像一個溫暖的母親般慈祥殷殷叮嚀，彷彿她有兩顆不同的心及聲帶，端看她碰到什麼樣刺激及反饋。

身心障礙者有追求自己幸福的權利，特別是精神障礙者。大眾及媒體常常隱約扼殺精神障礙者有正面的形象與思維，常製造出負面的、可怕的，甚至是絕望的樣貌，精神障礙者的人生比其他重症者都來得不幸，我們的思考必須重新建立一個正面的連結，相信精神障礙者也可以同時擁有真誠、善良、美麗的特質。

前幾天，在校園裡又看見「麗莎婆婆」氣沖沖地拿著一支木棍，朝著一棟教學大樓走去，不停大聲吼罵著，就像那個教室角落有什麼需要她去仗義驅惡，當我向前詢問時，她的雙聲帶又出現，對著我時說話語氣溫柔，對著角落開罵時，變成了一頭張牙舞爪母獅，發出令人生畏的嘶吼。

我知道，敏感的她大概是受到了不尊重的對待，也或許只是一個不友善的眼神或言語。應該說每個人都想要被尊重，而精神障礙者他們是更需要的，校園是大社會的縮影，校園裡的師生對於精障者的友善，是良善的表現，至於「麗莎婆婆」她可是比校園裡的每一個人，都還早來到這裡，其實我們不需要做什麼？只要揚起嘴角，問一聲：「婆婆好！」這樣就夠了。

8 永遠的主角——黃美廉

上了國中的學生來找我拿幫他們栽種的小肉肉盆栽，小肉肉拼盤盆栽充滿生機及生命力，大家一看到小肉肉都笑了起來，指著盆栽中那株長的最高、樣子最特別的說，「他就是生命鬥士。」我哈哈笑了出來，他們才聽完黃美廉的演講，他們眼中最特別的那棵小肉肉，可是組合盆中的主角呢。

藝術博士黃美廉老師來馬祖巡迴演講，黃美廉從一出生就罹患了腦性痲痹，她自述：「從小我只能全身軟軟的臥在床上或地上，雖然我試著爬起來走，但走著走著就跌倒了。我的口水常常不停的往外流，沒有一點智力的樣子，醫生根據我的情況判定我活不過六歲。」美廉老師不能口語表達，由祝錦華老師陪同演講，聽著祝老師說出美廉老師的心裡話，我想到「天作之合」四個字，好像是上天安排，很完美地搭配到一起。一定會有人質疑，那是祝福人結婚美滿的話呀？我卻覺得每對婚姻不一定美滿，但他們兩位在講臺上卻是如此配合完美。祝福新人的「天作之合」是未來式，而美廉老師及祝老師的「天作之合」卻是進行式。

巡迴演講會到了東引，美廉老師顯得疲累但卻興奮，因爲這樣的舟車勞頓身體不方便的人，已超過身體極限。到了小島，口不能言的她，急著要表達她的想法便振筆疾書，先指著我並寫下：「我們能來馬祖是因爲這位美女。」我看著她，明白她有著澎湃的內心戲，看到了學生、小貓、小鳥她也非常興奮，於是在白紙上狂寫心裡的感動，字字充滿了眞心誠意，美廉送我她的著作《心靈的顏色—看見我所有》，我則回贈她《守燈塔的家族》繪本，並跟她介紹東引小島，她一打開書，便在紙上寫下「我一看，就知道是出自妳的手！」啊，原來就是遇到知音。

演講後，我帶著她遊小島，美廉老師對酒廠的酒很有興趣，我們坐在招待中心品嘗著甘醇的白酒，我告訴她這白酒是我們小島的驕傲，小島得天獨厚的環境釀出口感香氣兼具的瓊漿玉液，她也分享著她自己常常做料理，也會加白酒來調味，她不但是藝術家也是生活家，常常動手做料理，可以煮出一桌子的宴客菜，並在紙上寫下：「我會用可樂滷肉。」她不因身體的障礙而停止追求生活的日常。我帶著她四處走走，握著她的手，她的手充滿了力量，而手上的肌肉線條我想叫它「堅毅」。

在美廉身上我也感受到了信仰的力量，晚上陪著她到教會分享，美廉創作的詩歌〈如果我能唱〉音樂響起時，教友們跟著唱，氣氛感人。

如果我能完整唱一首歌
那將是對你的感恩和讚美
苦難中你給我安慰
徬徨時你給我智慧

雖然我不能開口唱一首歌
我卻要對你獻上真誠敬拜
每時刻你的手牽引我
你慈愛使我開懷

天上的雲雀啊
會唱的人們哪
你們可願代我歌頌上帝無比之美
我願用耳傾聽

我願用心共鳴
這發自內心深處最美的聲音
我真愛你……

她在《心靈的顏色—看見我所有》書中，說到自己很喜歡音樂，實在非常遺憾自己不能唱歌又不會彈琴。在她心中有一個願望，就是能唱完一整首歌，而這卻是我們輕而易舉能做到的！我和她靜靜的聆聽著詩歌，我知道她內心有著澎湃的情感，她將手高高舉起，她的臉上、肢體上流露出眞摯情感，坐在她旁邊，這眞情燙熱了我的雙眼及臉頰。

在她另一本的著作《家家都有藝術家》書中，她相信每個家庭都有藝術天分的小朋友，並能觀察入微的提出引導及支持，希望每個孩子都能長成自己想成爲的樣子。欣賞美廉的畫，你會發現她用色大膽繽紛，也喜歡畫大自然景色，喜歡養貓畫貓，她說每天與貓爲伴是開心的事。

當我和她走在西引三山據點，坐在矮牆邊享受著和風徐徐，滿眼是山是水是綠是藍，我感受到我們都是嚮往大自然美好的人呀，這時，不需要語言我們的心是多麼地靠近，大自然這藝術家是我們學習的典範。美廉老師在比一般人還要辛苦的歲月裡，獨居生活、堅持夢想，就像我的小肉肉盆栽，那長得最特別的那株，是生命鬥士，是永遠的主角。

9》

劉北元的下一秒人生

有一年全縣生命教育巡迴演講會，請了劉北元老師當講師，北元老師欣然受邀。聯繫期間還特別請出版商朋友贊助了一百本他的著作，帶來演講會當伴手禮；我先讀爲快，在未見其人之前，已先認識其人。

他的著作中《孩子，你還會愛我嗎？》是在獄中寫給孩子的信，每一封都是寄不出去的信，反芻自己的慘痛人生經驗，用文字眞實記錄下來。《下一秒的人生》這本書，告訴人們別輕忽這一秒的抉擇，因爲下一秒的人生，可能，就是一生。看見了北元老師跌到生命谷底時，所領悟生命意義，於痛徹心扉之後所淬煉出的光芒。

還沒閱讀劉北元老師著書時，蒐尋網路上關於他的報導，心裡著實害怕，「他曾經是一個殺人犯，而我將帶著他跳馬祖四個島去演講，我要爲工作，讓自己陷入恐懼嗎？」我自問。後來，我看到北元老師書中的自序，他寫到他剛出獄第一次見到兒子時心中悔恨不已，讓自己、母親及孩子沒有了家。

自述當他送兒子回舅舅家時，兒子轉入黑暗巷子裡，心情低落到自問：「難道我們親子間只能聚會，而不能一起回家嗎？而我們的家呢？」一個父親的虧欠，虧欠了孩子人生中最重要的陪伴。他，劉北元，此時，也只是一個父親，跟我這做母親的有一樣的心情，而我在急什麼？怕什麼？

當見到北元老師，這個有著高學歷，一個學霸，也曾是一個王牌律師，但在我眼前的他，卻是一個誠懇又有點靦腆的人，通常是我問一句他答一句，不說話時他神情平靜，我常常感覺到他的憨氣，無法想像他的過去，也正如他自己說的是信仰讓他徹底徹尾改變。

如果時光再回到更早的學生時代，外號叫「石頭」的劉北元，他是一個上進用功的學生。我尤其對他「石頭」的外號感到好奇，他說，是因爲他每一次坐下來念書，可以坐很久，像一顆屹立不搖石頭，他是一個坐得住念書的好學生，我覺得他還是一個有好人緣的人，學生時代的好朋友，不論在獄中或現在，還時時扶持著他。

聽了他四場演講，感受到他不是天生的演講者，尤其對於生命中的不堪，他無法藉著語言順利表達出來，因為他仍覺得過去的他，讓自己羞愧。但是他「接受」了現在的自己，「接受」真是生命中重要的課題，正如陳文茜說的，「生命中有門功課名叫『接受』，接受愛離情空，接受被背叛，還有接受自己的老去，雖然在『接受』面前，我們依然會疼痛，依然會像一個嚎哭的孩子手足無措，可是一段時間後，你會懂得對自己說，『接受』所有的無常，是使生命變好的唯一方法。」

閱讀北元老師的書，還有一件事讓我印象深刻，他寫著：「在監獄中，監方讓我持續接受憂鬱症的治療，但醫生對於藥物的使用相對保守許多，我一直質疑那位醫生的處方，但他告訴我：一鍋置於爐火上的水，被燒滾之後，加入冷水雖然可以讓它暫時不再沸騰，但如果不將爐火熄滅，那鍋水遲早還是會再度滾燙。吃藥，就像在滾水中加冷水，它可以讓人暫時冷靜下來，然而心火若不滅，藥物是沒有辦法真正幫助你的。」是的，我們常常在教學及生活上，也做了許多治標不治本的事，就像是北元老師說的，心火不滅，就是根本沒治好，做的一切也是徒勞無功。

北元老師又提說，他曾經到一所學校演講，演講的時間到了，校長卻不見了。一問之下，發現是因爲校長覺得北元老師曾犯下滔天大罪，他憑甚麼還可以對著學子演講？他不是一個好的示範者，但輔導主任已安排了這場演講，校長只好選擇自己離開現場。他說來平淡的像在說著別人的事，他心裡一定明白，這是無可避免的，他必須爲過去自己的行爲承受這一切。後來，在校園裡，我也聽到老師們類似的話語，我想北元老師能自處，我也能坦然接受。

多年來我發現，教師兼任行政一職，常有些困難要解決，當你在意流言蜚語或不同意見時，會綁手綁腳，或者放棄（但也常常劍在弦上了）。除非你不做事不作爲，但對我來說不做事、不作爲卻是無法面對自己。

與過去的每一秒爭奪拉鋸中，北元老師在失去全世界後，便決定下一秒人生要去服務受刑人、更生人與迷惘的學生，而人生的巨變後，卻開啓了他的生命智慧，因此，也得到了無上的快樂。

他說：「人生的坦途往往不是爭出來的，而是讓出來的。」是的，「愛與退讓」是人生練習題，尤其在情感教育上，身爲父母、教導者、師者，我們必須比孩子學得更早、改變更快，才能繼續傳達健康的情感。

10》 登峰——向山頂慢慢靠近

相信每個人的心中都有一座高峰，那座高峰可能是兒時的夢想，也可能是長大後的期盼。

縣內生命教育巡迴演講中，邀請了《登峰》一書作者謝智謀博士巡迴各島講座。大家口中的小謀老師，因為太有名氣及他的時間很寶貴，三天內巡迴馬祖五個島、講了四場講座，普通人不容易做到的事，他卻做到了。小謀老師的三「力」—智力、體力、毅力，再來就是激勵人心的功「力」，也果眞名不虛傳。

我原本只是想期待一場演講中，有一、兩句打動你的心弦已足矣，但小謀老師的講座中，有些話可以打醒腦門、有些話能牽動心弦、更有些話能讓人熱淚盈眶。小謀老師跑完南竿及莒光演講後，第二天搭乘臺馬之星到東引小島來分享，我到碼頭接他，他問我的第一個問題是：「這島上，有幾個在地的老師？」我說：「包括我，有兩位。」老師應該有感受到小島的交通不便利，是留不住人的。是呀！這問題一直存在。當我從事教職起，來學校服務一、兩年就離開的老師，每年總有幾位。

在教學現場漸漸發現特別難教的孩子，背後總有辛酸。小島上唯一的一所學校，長久以來擔負著各項學習及教養的責任，這裡沒有補習班、安親班及才藝班，但有家庭文化不利影響學習，更有高比例單親、失親及隔代教養。全國少子化的衝擊，馬祖也不例外，但這座小島近兩年新生人數竟成長兩倍，不到一百人的國中小學生，這兩年的轉學生達六、七位，在各校學生人數日趨減少的同時，這交通不便利的小島，外地人願意來居住、生活及求學，這一群人生活必定有些不如意？來到小島就有一種安心及安全？我想小島有這樣的氣質，安靜、悠閒、溫暖、風景好人更好。

身為老師的我，從孩子身上觀察家庭，需要陪伴及照顧的孩子，在課業及習慣是特別需要叮嚀及關愛，我不想用「輔導」二字，跟學生互動，學生會覺得接受「輔導」，是因為做錯什麼？就像有一次，我在輔導室裡，看到一位低年級學生經過，我叫住他，問說要不要進來坐坐，他竟然回我說：「我不要進去！因為我不需要輔導呀！」

一個單親家庭的孩子，跟著爸爸到小島上工作，從小沒看過媽媽，多渴望有媽媽，上了一年級，導師是女老師，常常追著導師說，「老師！你可不可以嫁給我爸爸？當我媽媽？」上了二年級換了一位女導師，也問了一樣的問題，渴望有媽媽的孩子，眞是很辛苦！幾年過去，想要有媽媽的想望已不再，空掉的情感及沒有建立的生活好習慣，隨著歲月漸漸長成了特別需要師長關注，甚至免不了同儕的排擠。

另一個失親的孩子，親眼目睹天倫悲劇，依親親戚、寄人籬下，因爲還太小，內心縱有千難萬難，也不知道他想不想的明白，當然也說不清楚。在陪伴他的過程中，了解很多的處境是無法改變及扭轉，彷彿一切是要交給時間去說，而你能做的就靜靜地守護著一顆小小的心靈，做一個重要的他人。

在偏遠離離島上的學校，我們不缺經費蓋校舍買設備，我們少的是人的資源，有特教生的學校，卻無特教老師，原因很多。好在，各項診療及特教巡迴輔導老師進駐，雖然交通不便造成許多困難，雖然特教行政業務繁雜，但對學生有助益，執行起來我也甘之如飴，因爲那是有價值的工作。常發現因爲家庭的文化不利及學習匱乏，導致了學習緩慢及怠惰，日子一久，卻讓孩子成爲疑似身障特殊生，覺得好可惜。「時過然後學，則勤苦而難成」，《禮記．學記》說，我的確相信每個學習，都有最佳賞味期，而父母們做爲孩子最初的老師，怎能錯過孩子的成長呢？這是一個身爲老師的吶喊，但我卻常常有言者諄諄，聽者藐藐之感。

一場演講、一本好書、一部影片，都能適時的讓心柔軟及振奮起來，回到初衷，心嚮往之，身隨之。這些年來，演講者的生命故事常常激勵著我，每個人的高峰不同，「登峰」是充滿挑戰、競爭。對我來說，我們沒有條件和大自然及大環境抗衡，只能慢慢向山頂靠近，懷著虛心、謹慎、崇敬向自己的高峰前進，慢慢地移動，就怕一旦太匆匆，錯過了沿途的景致、廣闊的海洋及透心的涼風。

東引老鼠沙地景（陳其敏／攝）

我的東引 你的小島

作者｜陳翠玲

一卷文化
社　　長｜馮季眉
書系客座總編輯｜古碧玲
編　　輯｜黃于珊
封面設計｜兒日設計
內頁設計｜杜玉佩

讀書共和國出版集團
社長｜郭重興　發行人兼出版總監｜曾大福
業務平臺總經理｜李雪麗　業務平臺副總經理｜李復民
實體通路協理｜林詩富　網路暨海外通路協理｜張鑫峰　特販通路協理｜陳綺瑩
印務協理｜江域平　印務主任｜李孟儒

發　　行｜遠足文化事業股份有限公司
地　　址｜231 新北市新店區民權路108-2號9樓
電　　話｜(02)2218-1417
傳　　眞｜(02)8667-1065
電子信箱｜service@bookrep.com.tw
網　　址｜www.bookrep.com.tw

法律顧問｜華洋法律事務所　蘇文生律師
印　　製｜通南彩色印刷有限公司

2022年9月　初版一刷
定價｜350元　書號｜2TCC0001
ISBN 978-626-95712-2-2

特別聲明：有關本書中的言論內容，不代表本公司／出版集團之立場與意見，文責由作者自行承擔。

本書插畫與照片由作者陳翠玲提供。

國家圖書館出版品預行編目 (CIP) 資料

我的東引 你的小島 / 陳翠玲著. -- 初版.
-- 新北市 : 遠足文化事業股份有限公司
一卷文化 , 2022.09
304 面 ; 17x23 公分
ISBN 978-626-95712-2-2(平裝)

863.55　　111011217

一卷文化　財團法人 CHENG CHEN foundation 建蓁環境教育基金會　上下游｜副刊　合作出版